KB110134

조폭
주식
입문기

조폭 주식 입문기

발행일	2016년 11월 15일		
지은이	김 경 진		
펴낸이	손 형 국		
펴낸곳	(주)북랩		
편집인	선일영	편집	이종무, 권유선, 안은찬, 김송이
디자인	이현수, 이정아, 김민하, 한수희	제작	박기성, 황동현, 구성우
마케팅	김회란, 박진관		
출판등록	2004. 12. 1(제2012-000051호)		
주소	서울시 금천구 가산디지털 1로 168, 우림라이온스밸리 B동 B113, 114호		
홈페이지	www.book.co.kr		
전화번호	(02)2026-5777	팩스	(02)2026-5747

ISBN   979-11-5987-308-9 03810(종이책)   979-11-5987-309-6 05810(전자책)

이 도서의 국립중앙도서관 출판예정도서목록(CIP)은 서지정보유통지원시스템 홈페이지(http://seoji.nl.go.kr)와 국가자료공동목록시스템(http://www.nl.go.kr/kolisnet)에서 이용하실 수 있습니다. (CIP제어번호 : CIP2016027135)

국내 최초
감성 누아르
주식 경제
소설

조폭 주식 입문기

— 김경진 지음 —

북랩 book Lab

머리말

투자라는 이슈를 피해 갈 수 없는 시대! 이 시기를 함께 살아가는 사람들, 그 누구라도 손쉽게 투자의 세계에 흥미를 느끼게 하고, 나아가 그들의 의사결정에 다소나마 도움이 되었으면 하는 바람을 가지고 필자는 글을 쓴다.

책을 통해 당신과 맺어진 인연, 그 상상만으로도 이미 행복하다는 걸 고백하며!

차례

"으아아아악!"

지금 찢어지는 비명을 질러대는 가련한 남자의 이름은 석청강! 그는 그의 보스 두성문을 위해 그야말로 그동안 개처럼 열심히 뛰어다녔다. 하지만 석청강은 막 잘려나간 왼손 새끼손가락을 보면서 오른손으로 상처 부위를 잡은 채 공사장 모래 바닥을 이리저리 뒹굴고 있다.

"혀, 형님! 도대체 왜?"

극도의 고통 속에서 미처 말을 다 잇지 못한 석청강을 두성문은 싸늘한 눈빛으로 바라보고 있었다. 두성문의 뒤에는 그의 부하들이 둘러서 있다. 깊게 마신 담배 연기를 내뱉으며 두성문이 무겁게 입을 열었다.

"청강아, 키워준 주인을 물려고 달려들면 안 되는 법. 오히려 내가 묻고 싶은 말이구나."

이렇게 말하던 두성문은 왼쪽으로 고개를 돌려 눈짓을 보냈다. 그의 눈짓에 반응하듯 검은 양복을 입은 한 남자가 두성문 옆으로 다가왔다. 석청강의 두 눈에 그 남자의 모습이 비치는 순간 깜짝 놀라며 입을 열었다.

"동수야, 너, 너…"

표동수는 석청강의 눈빛을 외면하며 곤혹스러운 표정으로 두성문을 바라보았다. 두성문이 석청강을 향해 다시 한 번 입을 열었다.

"청강아, 동수가 이미 이야기 다했어. 허허, 그러면 쓰나. 지금껏 키워준 은혜를 잊고 말이야."

두성문의 입가에는 비열한 웃음이 번져 나갔다. 새하얀 연기와 함께 뿜어져 나오는 두성문의 싸늘한 목소리는 석청강의 두 귀에 칼바람처럼 파고들었다.

"일단 너부터 정리하고 니 아랫것들 깨끗하게 청소해야지. 조직이란 게 배신하려는 새끼들로 뻘거죽죽하게 물들어 버려서는 곤란하니까."

두성문이 오른손을 내밀자 옆에 있던 조직원이 두꺼운 각목을 그에게 건네주었다. 두성문은 이것을 다시 표동수 쪽으로 내어 보이며,

"동수야, 너가 직접 하거라."

성문이파가 배신자를 응징하는 절차! 그것은 폭력단들이 으레 그렇듯 극단의 고통을 가하는 악마의 의식이었다. 우선, 조직과의 연을 끊는다는 의미로 배신자의 손가락을 하나 잘라낸다. 그리고 그가 다시는 보복을 할 수 없게 둔탁한 둔기를 이용하여 배신자의 허리뼈가 산산조각날 때까지 내리쳐서 반신불수를 만들어 버리는 것이 바로 잔혹한 이 의식의 마지막 클라이맥스였다. 표동수는 보스 두성문으로부터 두껍고 무거운 각목을 건네받았다. 이 모습을 보고

있던 석청강은 다급한 목소리로 표동수에게 자비를 구했다.

"동수야, 너랑 나랑 우리 친형제나 다름없었잖아, 응? 혀, 형님께 뭔가 오해가 있었던 거라고 말해줘. 응? 동수야."

표동수는 방금과는 달리 냉정한 얼굴로 마치 돌조각상처럼 작은 표정의 변화조차 보이지 않은 채 굳게 입을 다물고 있었다. 두 손에 가죽장갑을 끼고 두성문이 넘겨준 각목을 고쳐 들었다. 다른 두 명의 조직원이 쓰러져있는 석청강의 상체와 하체를 각각 붙들었다. 그 옆에 다가선 표동수는 석청강의 허리를 으깨버릴 풀스윙을 할 준비 자세를 잡았다. 나무 몽둥이의 *끄트머리*는 밤하늘의 달까지 닿아 있었다. 표동수는 작은 목소리로 속삭이듯 말했다.

"형님, 죄송합니다."

그리고 표동수는 순식간에 각목을 휘둘렀다. 마치 야구선수의 익숙한 스윙같기도 했고 전국시대 사무라이의 춤추는 검술같기도 했다. 그동안 조직생활을 하며 여러 싸움터를 누벼왔다는 것을 보여주는 듯한 표동수의 재빠르고도 정확한 타격은 순식간에 상대의 허점을 파고들었다. 당구의 달인들이나 구사하는 쓰리쿠션! 몽둥이 좀 휘둘러본 건달만이 할 수 있는 일타삼피! 일석삼조! 표동수의 각목은 순식간에 그의 옆에 있던 두성문의 뒤통수를 갈겨버리고 석청강의 상체를 잡느라 엎드리고 있는 육중한 조직원의 정수리 쪽을 내리찍은 뒤 멈출 새도 없이 바로 맞은편 하체를 잡고 있던 조직원의 얼굴을 정통으로 강타했다. 그리고 다급한 목소리로 외쳤다.

"청강이 형, 빨리!"

석청강은 재빨리 일어나 표동수와 함께 공사장 밖으로 통해 있는 입구를 향하여 미친 듯이 달려갔다. 성문이파 조직원들이 당황해서 주춤하는가 싶더니 이내 석청강과 표동수를 뒤쫓기 시작했다. 석청강과 표동수는 공사장 앞에 세워져 있는 검은색 체어맨 차량을 향하며, 표동수는 운전석 방향으로, 석청강은 조수석 방향으로 온 힘을 다해 내달렸다. 차량 위에는 희미한 가로등 불빛이 비치고 있었다. 석청강은 조수석 문을 열고 몸을 의자에 뉘었다. 차를 급히 타는 과정에 그의 상처가 어딘가 충격을 받았는지 조금씩 잠잠해져 가는 듯했던 고통이 다시 살아나 그를 폭풍처럼 덮쳐 왔다.

"쓰읍!"

석청강은 찡그린 표정으로 그 고통을 씹어 삼켰다. 표동수는 운전석 문을 열었으나 차에 오르지는 않은 채 가슴 안쪽 주머니에서 무언가를 꺼냈다. 그것은 권총이었다. 가로등 불빛에 희미하게 비친 그 총은 '베레타92'처럼 보였다. 달려오던 성문이파 조직원들은 또 한 번 당황하며 그 자리에 멈춰 섰고 이를 보던 표동수는 그들을 향해 일갈했다.

"지금부터 움직이는 새끼들은 다 죽여버린다!"

매서운 표정으로 그들을 노려보던 표동수는 서서히 운전석에 앉은 뒤 경쾌한 소리를 내며 문을 닫았다. 그리고 그들이 탄 체어맨 차량은 그곳을 급히 떠나갔다.

표동수는 우선 응급실부터 찾기 시작했다. 너무 가까운 병원은 성문이파 조직원들에게 쫓길 우려가 있었지만 그렇다고 부상당한 석청강을 태우고서 먼 곳까지 갈 수도 없는 노릇이었다.

"청강이 형, 괜찮아? 견딜 수 있겠어?"

"아, 아파! 젠장!"

석청강은 얼굴을 찡그린 채 표동수에게 말했다.

"동수야, 내 오른쪽 바지 주머니에 손을 좀 넣어 봐."

"뭐? 무슨 소리야?"

"아, 잔말 말고 내 오른쪽 바지 주머니에 손을 좀 넣어보라고. 잘 있나 확인하게."

표동수는 석청강의 말이 이해가 가지 않아 의아했다. 그러면서도 석청강이 시키는 대로 몸을 그에게로 굽혀 오른손을 길게 뻗어 석청강의 바지 주머니에 손을 집어넣었다. 그랬더니 둥글고 물렁한 어떤 것이 손에 잡혔다. 표동수는 약간 당황스럽기도 했지만 이내 웃음이 나왔다.

"하하하! 형, 그 와중에도 손가락 주운 거야?"

표동수가 쓰리쿠션으로 두성문과 나머지 두 명의 조직원들을 내리칠 때, 석청강은 몸을 일으키면서 순간적으로 자신의 잘려나간 손가락을 주워서 바지 주머니에 넣었던 것이다.

"아, 정말 대단하다. 역시 석청강!"

"야! 감탄 그만하고 얼른 응급실이나 찾아!"

"네네, 청강 형님. 얼른 찾겠습니다."

표동수는 마음이 한결 편해지는 느낌이 들었다. 생사고락을 함께해 온 형이 다행히도 멀쩡한 손을 유지할 수 있을 것 같다는 사실이 내심 기뻤기 때문이다. 표동수는 액셀러레이터를 힘껏 밟으며 창밖으로 BB탄 플라스틱 권총을 던져 버렸다.

Q

"이봐, 강 대리. 소식 들었어? 'DSM컨스트럭션' 두성문 사장이 지금 병원에 입원 중이라는데? 현재 의식이 오락가락하는 상황인가 봐."

신비증권의 장정현 팀장이 굳은 표정으로 강연수 대리에게 아침 뉴스에서 들은 소식을 얘기하고 있었다.

"네, 팀장님. 두성문 사장이 누군가에게 폭행을 당한 것 같다는 의혹이 있던데요. 그 사람 무슨 조직과 연루된 사업가라는 게 사실인가 봐요?"

"그러니까! 경찰 조사가 더 진행되어야 알겠지만, DSM컨스트럭션으로서는 최악의 상황이지. 회장이 갑자기 의식을 잃었으니 말이야. 문제는 이 여파가 어디까지 미칠지 하는 건데, 강 대리도 알다시피 최 이사님이 그동안 지인들이나 몇몇 고객들에게 DSM컨스트럭션 주식을 많이 추천하고 다녔잖아. 지금 좀 당혹스러우실 거야."

이때, 또 하나의 전화 벨소리가 요란하게 울렸다. 사무실의 사람들은 모두 수화기 너머 고객들과 전쟁 같은 대화를 하고 있었다. 잠깐 소리 나는 쪽으로 고개를 돌렸던 강연수가 다시 장정현 팀장을 바라보며 말했다.

"우리도 그 곤혹을 함께 치르겠네요. 그런데 이사님은 왜 갑자기 'DSM컨스트럭션'을 그렇게 밀어줬대요?"

"중국 쪽 진출에 대한 정보가 있었다나? 전에 뭐 그런 비슷한 얘기를 들은 거 같은데… 자세한 건 나도 모르지. 아니면, 두성문 회장으로부터 무시 못할 극진한 대접을 받았든가."

"쯧쯧, 하여간 남자들은 비즈니스 한답시고 밤새 술 마시고 여기저기 쓸데없이 싸돌아다니는 게 문제라고요, 항상!"

강연수는 다소 신경질적으로 소리를 높였다. 이때 입사한 지 세 달 정도 지난 막내 사원이 서류파일을 양손으로 잔뜩 들고서 강연수 옆을 지나가고 있었다. 강연수는 괜히 그 사원을 바라보며,

"야, 똑바로 해!"

하고 다시 한 번 신경질적 사자후를 내뿜었다. 불쌍한 신입사원은 영문도 모른 채 반쯤 얼어붙은 표정으로,

"네! 더 열심히 하겠습니다!"

라고 다짐하듯 외쳤다. 그리고 경직된 자세로 엉거주춤 서 있었다. 장정현 팀장은 강연수에게,

"야, 강 대리. 왜 괜히 쟤한테 뭐라 그래."

라고 말하며 막내 사원에게 가서 하던 일 계속하라는 의미를 담은 눈짓을 보냈다. 불쌍한 막내 사원은 강연수와 장정현 팀장을 번갈아 보다가 슬쩍 자기 자리로 발걸음을 옮겼다.

이때 또 전화벨 소리가 요란하게 울렸다.

"아무튼 팀장님, 나중에 얘기해요."

이렇게 말하며 강연수는 자신의 자리로 가 수화기를 들었다.

DSM컨스트럭션 주가에 대한 고객들의 문의 전화와 항의 전화로 한바탕 전쟁을 치른 사무실은 점심시간 즈음이 되어서야 좀 진정되는 분위기였다. 강연수 역시 끊이지 않았던 전화 통화로 이미 절반쯤 기력을 쇠진한 상태였다. 그녀는 좀 전의 신입사원을 불렀다.

"야, 막내!"

"네네! 강 대리님!"

비쩍 마르고 뿔테 안경을 쓴 순진한 얼굴의 막내 사원은 다소 당황한 표정으로 강연수의 옆자리로 달려왔다.

"나 오늘 점심 생각 별로 없으니까 너 밥 먹으러 나갔다가 올 때 서브웨이 샌드위치나 하나 사다 줘. '스파이시 이탈리안'으로 말이야."

이 말을 들은 막내 사원은 기어 들어가는 목소리로 대답했다.

"아, 네."

강연수는 막내 사원을 돌아보며 말했다.

"왜? 뭐 불편한 거 있어?"

"아, 아뇨!"

"아, 그리고 말이야, 샌드위치값은 나중에 내가 장 팀장님한테 빌려준 돈 있거든. 그거 받으면 줄게."

"그 말씀은 지난번에도 하시고서는 아직도…"

"야! 넌 남자가 쫀쫀하게 왜 그러니? 아직 장 팀장이 나한테 돈을 안 갚았으니까 그렇지. 팀장님이 내 돈 주면 내가 니 돈 준다니까?

팀장님이 나쁜 거야, 내가 아니라!"

언제 기력을 되찾았는지 불타오르는 듯한 강연수의 표정에 막내 사원은,

"네, 얼른 다녀오겠습니다."

라고 말하며 사무실 밖으로 나갔다. 그런 그의 뒷모습을 보면서 강연수는 괜히 웃음이 나왔다.

"자식, 은근 귀엽다니까."

이렇게 속삭이면서 아직까지 보지 못한 이메일을 확인하기 시작했다.

대부분 광고 메일이기에 삭제 버튼을 누르기 바빴다. 그러던 중 하나의 메일이 눈에 들어왔다.

- 강연수 님께, Q로부터 -

'이상한 메일이네?'

강연수는 잠깐 고민을 하였다. 그냥 삭제를 할지, 한 번 열람을 해야 할지.

'이거 뭐, 이상한 메일 아냐? Q?'

강연수는 그래도 한 번 보는 게 낫겠다 싶어 그것을 클릭하였다.

강연수 님, 안녕하세요.

제가 좋은 정보를 하나 알고 있어서 강연수 님께 메일을 보냅니다. 오늘은 22일입니다. 금일 오후 2시 반쯤 외국인 투자자들의 매

도주문이 쏟아지며 종합주가지수는 전 거래일보다 하락세를 기록하며 끝이 날 것입니다. 제 말을 참고하시면 오늘 강연수 님은 쏠쏠한 수익을 올리거나 혹은 손실을 피할 수 있을 거라 생각합니다. 감사합니다.

Q로부터

강연수의 두 눈은 휘둥그레지며 평소보다 더 커져 있었다.

"이게 뭐야? 지가 오늘의 주가를 어떻게 안다고. 게다가 외국 큰손들이 매물을 쏟아낸다고? 지가 무슨 큰손들의 보스라도 되는 거야?"

강연수는 황당한 메일의 내용을 머릿속에서 지우려는 듯 다음 메일들을 성급히 확인하기 시작했다. 그 와중에도 시간은 흘러갔다. 막내 사원이 사온 샌드위치로 점심을 때운 강연수는 오후 일과도 바쁘게 보내고 있었다.

그러던 중 시계를 보니 어느새 2시가 지나가고 있었다. 강연수는 사무실 끝, 벽에 달린 큰 모니터에서 소리 없이 나오는 증권방송을 바라봤다. 과연 Q의 예고가 맞을지 궁금했기 때문이다. 2시 10분 현재 2,000대를 넘어가며 0.5%대의 상승세를 유지하고 있었다. 앞으로 20분. 강연수는 서류를 보다가도 다시 고개를 들어 TV 화면을 보았다. 그렇게 시간은 차츰 흘러가 2시 30분을 향하고 있을 그 무렵, 슬슬 매물이 쏟아진다 싶더니 어느새 종합주가지수는 점점 더 큰 폭의 하락세를 그리기 시작했다. 더불어 KOSPI200 선물지수도 함께 하락세로 반전됐다. Q의 이야기는 점점 더 현실이 되어가고 있었다. 모니터를 보던 강연수는 자기도 모르게 들고 있던 펜을 떨어뜨렸다.

　퇴근 후 집으로 돌아온 강연수는 김이 모락모락 올라오는 뜨거운 물이 가득한 욕조에 몸을 기대고서 한 손에는 캔맥주를 들고 있었다.

　'Q의 얘기가 꽤나 정확했어. 우연인가? 뭐하는 사람이지?'

　강연수의 머릿속은 Q에 대한 생각으로 가득 차 있었다. 캔맥주를 시원스레 한 모금 들이키고 바라본 욕실 천장에는 어느새 물방울이 송알송알 맺혀 있었다.

　'과연 내일은?'

　강연수는 Q의 메일이 다시 올 것인지 궁금했다.

그냥 할 수야 있나?

석청강과 표동수는 나이보다 다소 어려 보이는 캐주얼한 옷에 뒤에는 백팩(backpack)을 메고서 서울의 한 대학교 캠퍼스에 들어와 있었다. 석청강은 자신의 새끼손가락을 바라보면서 만감이 교차하는 표정을 지었다. 봉합수술 후 병원에서 보낸 2주간은 꽤나 답답했으나 한편으로는 오랜만의 휴식이기도 했다. 함께 캠퍼스를 걸으며 표동수는 석청강에게 물었다.

"형, 정말 괜찮겠어?"

"이미 말했잖아. 필호 녀석이 좋은 얘기를 했어. 쉽진 않겠지만 해볼 만해."

석청강과 표동수는 경제학 수업이 예정되어 있는 건물 안으로 들어가고 있었다. 이들이 이런 모습으로 이곳에 있는 데는 나름대로 큰 결단이 있었다.

며칠 정도 과거로 돌아가 보자. 그날의 풍경! 석청강은 수술 후 병실 침대에 앉아 있고 그 주위로 석청강을 따르는 그의 부하들이 그를 둘러싸고 있다. 그중 한 명이 석청강에게 꽤 큰 검은색 가죽 가방을 보여주었다.

"형님, 이 안에 들어 있습니다."

석청강은 아직 왼손에 붕대를 감고 있었기에 옆에 있던 표동수가 대신 건네받아 지퍼를 열고 가방을 열어보았다. 그 안에는 오만 원정 지폐가 무수히 들어 있었다. 가방을 건네주었던 조직원이 계속 말했다.

"족히 10억 정도는 됩니다."

석청강이 입을 열었다.

"동수야, 이 돈이 그 돈인가?"

"어, 상하이 드래곤즈와 성문이파가 거래했던 그 돈이지. 다 찾아내서 가져왔다면 더 좋았겠지만, 우리가 확보할 수 있었던 건 이 정도."

석청강은 깊은숨을 내쉬었다. 그리고 표동수를 보면서 물었다.

"뒤탈 없도록 잘 처리했지?"

"하하, 걱정 마. 만식이 이 녀석이 이래 봬도 영리한 애니까 잘 처리하고 왔을 거야."

그러면서 표동수는 고개를 돌려 아까 가방을 건네준 조직원을 잠깐 보았다. 덩치 큰 그 조직원이 살짝 어깨를 으쓱하며 말했다.

"형님, 걱정 마십시오! 제가 아무도 모르게 가져왔습니다."

두성문이 운영하는 DSM컨스트럭션은 건설일을 하면서 그들의 장비나 자재들을 화물선을 이용해 운반하는 일들이 잦았다. 상하이 드래곤즈는 성문이파와 계약을 하여 자신들의 물건, 주로 비합법적인 그런 것들을 이 배에 실어 운반을 했고 그 운임을 성문이 파에게 최종 현금으로 건네주고는 했다. 만식이는 바로 이 운임비의 일부를 훔쳐서 나온 것이다. 그가 석청강, 표동수 쪽에 기울었다는 것을 다른 조직원들이 알기 전이었으므로 그리 어렵지 않은 작업이었다.

석청강이 말을 이었다.

"상하이 드래곤즈. 중국 상하이에서 새롭게 부상하고 있는 조직이지. 삼합회에서 드래곤이라고 불리던 남자가 자신의 조직에서 떨어져 나와 만든 신흥조직이야. 아직은 그 영향력이 특정 지역에 국한되어 있기는 하지만 점점 커가는 기세를 본다면 결코 무시할 수 없는 조직이라는 말들이 있어. 이들의 특징은 비밀주의. 비밀결사의 형태로 운영되고 있어서 거의 모든 일들을 매우 은밀하게 처리하지. 때문에 어쩌면 알려진 것보다 훨씬 더 큰 집단일 수도 있어."

애기를 듣고 있던 표동수가 석청강에게 물었다.

"형, 이제 어떻게 할 거야?"

"흠, 10억 가지고는 무언가 하기가 좀 애매하지. 어쨌거나 돈을 좀 불려야 돼. 그래야 우리도 성문이파에서 떨어져 나온 신흥조직, 뭐, 월곡동 드래곤즈라도 만들 수 있을 거 아냐?"

이렇게 말한 석청강은 어떻게 이 돈을 불려야 할지 막막함에 순간 얼굴이 굳어졌다. 석청강의 표정을 살핀 표동수가 부하 조직원들에게 재빨리 외쳤다.

"야, 형님 기분 전환 좀 하시게 얼른 TV라도 좀 틀어 봐!"

"예, 알겠습니다, 형님!"

육중한 몸의 한 조직원이 얼른 병실 한쪽 벽면 앞에 놓여 있던 텔레비전으로 달려가 버튼을 눌렀다. 텔레비전 화면에서는 바둑 방송이 나오고 있었다. 이를 본 표동수가 얼굴을 찡그리며 말했다.

"임마, 빨리 다른 거 틀어! 예능프로 찾으란 말이야, 새끼야."

"네네!"

산만한 덩치를 가진 조직원이 애처로운 표정으로 얼른얼른 다른 채널로 바꾸고 있었다. 이때 석청강이 외쳤다.

"잠깐!"

조직원은 석청강의 목소리를 듣자마자 얼른 손동작을 멈추었다. 화면을 본 표동수가 말했다.

"형, 뭐 속옷 살일 있어? 논현동 양 마담 주려고?"

쇼호스트가 나와 여성용 속옷을 광고하는 홈쇼핑 채널이 틀어져 있었다.

"그게 아니라 아까 지나간 채널로 맞춰 봐."

조직원은 석청강의 말에 따라 그의 표정을 살피며 지나쳐 온 채널을 하나씩 되돌아갔다.

"멈춰!"

그것은 주식 방송이었다.

"바로, 이거야! 이 돈을 단시간에 불리는 방법은 주식밖에 없지. 20배 정도 불리면 조직을 운영할 자금이 충분히 나오지 않겠어?"

"형, 주식 투자는 공부 많이 한 똑똑한 애들이 해도 맨날 손해 나서 비리비리하는데 우리가 어떻게 주식을 해?"

이런 말을 하면서 표동수는 오른손 검지손가락으로 구석에 서 있던 상대적으로 왜소한 체격을 가진 조직원을 가리켰다.

"형, 쟤 있잖아. 쟤가 원래 주식 좀 하던 앤데, 다 말아먹고 오갈

데 없어서 지금 우리 조직에 들어왔잖아."

석청강은 잠깐 그 조직원을 보다가 다시 표동수에게 눈을 돌리며 말했다.

"동수야, 우리랑 쟤랑은 다르지. 쟤는 그냥 개미투자자가 되어서 밟힌 애고, 우리는 내부 정보를 활용할 수 있잖아."

석청강의 말에 표동수는 순간 멈칫했다.

"그러니까 형 말은 내부 정보를 아니까 투자하기가 쉽다, 이 얘기?"

"그렇지. 우선 DSM컨스트럭션만 해도 우리가 손바닥 뒤집듯 알고 있는 데다가 지금 성문이파는 우리 둘 빼놓고는 누가 우리 편이고, 누가 지네 편인지 확실히 알 수 없는 상황이잖아? 여기 있는 애들 스파이로 심어 놓을 수 있으니까 땅 짚고 헤엄치기가 되는 거지. 거기다 DSM컨스트럭션과 협력관계에 있는 중소업체들 중에도 코스닥 같은데 상장된 데 있다고. 그거 다 우리가 사장들 구슬려서 마사지할 수 있는 주식들 아냐?"

석청강의 말을 들은 표동수는 그럴듯하다는 생각이 들기 시작했다.

"흠, 그러니까 어차피 사장들 조인트 까서 내부정보 활용하면 손쉽게 불릴 수 있다는 거네."

"일단 주식 계좌가 필요한데…"

이런 말을 중얼거리며 석청강은 아까 그 왜소한 체격의 조직원을 바라보았다. 석청강의 눈빛을 본 그 조직원이 그 의도를 눈치채고서 크게 대답했다.

"제, 제 계좌가 아직 있습니다, 형님!"

"흠, 좋아. 막내야, 이름이 뭐지?"

석청강이 물었다.

"최필호입니다, 형님!"

"흠, 좋아. 필호야, 우리가 주식을 하려는데 뭐부터 하면 좋을지 너가 경험자로서 하나만 말해 봐."

석청강의 물음에 잠깐 머뭇거리던 최필호는 조심스레 이야기했다.

"제 경험에 따르면, 제가 아무것도 모르고 투자를 하다가 완전 망했기 때문에 기본적으로 경제신문을 읽을 수 있을 정도의 경제학 공부는 좀 필요할 것 같습니다. 경제학 수업을 들으시지요, 형님!"

"뭐? 나보고 공부를 하라고?"

이때 표동수가 날쌔게 오른손을 휘둘러 최필호의 뒤통수를 후려갈겼다.

"야! 이 또라이가! 청강이 형은 공부를 하느니 검사 찾아가서 고해성사할 사람이야. 말 가려가면서 못해? 이게 죽을라고!"

"죄, 죄송합니다!"

"아니야, 좋은 얘기를 했어."

의외로 석청강은 담담한 톤으로 입을 열었다.

"암, 투자를 하려면 기본 지식은 좀 있어야지. 그냥 할 수야 있나?"

개와 늑대의 시간

　강연수는 회사 책상 너머 사람들의 얼굴을 두리번두리번거리며 바라보았다. 분명히 이 중에 Q가 있을 거라는 생각 때문이었다.

　'누구지? 어쩌면 우리 회사 사람일 수도 있는데⋯.'

　지난번 처음으로 Q로부터 메일을 받은 후 며칠간 몇 번 더 Q의 메일이 도착했었다. 첫 메일처럼 언제나 극적으로 시장 상황을 맞추는 것은 아니었으나 그래도 특유의 예리한 분석과 상당히 정확한 정보들이 적혀있었다. 그 내용들은 강연수 개인 투자에도 적잖이 도움이 되었다. 그런 경우가 반복되자 아마도 자신에게 내심 연정을 품고 있는 회사 사람으로부터 메일을 받고 있는 것은 아닌지 혼자서 몰래 달콤한 상상도 해보는 강연수였다. 이제는 정체를 알 수 없는 Q의 메일이 어떤 내용을 담고 있을지 오히려 궁금하기까지 했다. 오늘 Q로부터 온 메시지는 첫날의 그것처럼 예사롭지 않은 내용이었다.

　강연수 님, 저는 사실 요즘 '막사라닷컴'의 주가를 계속 예의주시 해왔습니다. 왜냐하면 얼마 전 지인으로부터 그냥 흘리기 어려운 이야기를 들었거든요. 바로 막사라닷컴의 오민석 대표가 명동 사채 업체 쪽 사람들을 만나는 모습을 목격했다는 얘기였죠. 잘 아시다 시피 소문도 중요한 정보 아니겠습니까? 물론 아직은 풍문에 불과하죠. 명동 사채업자들을 만난다고 해서 반드시 그것이 급전을 쓰기 위해 만나는 것으로 단정할 수는 없으니까요. 하지만 저는 일단 그때부터 그 회사의 주가를 유심히 살폈어요. 만약, 단순한 만남이 아닌 경우라면, 회사의 대표가 사채의 유혹에 흔들린다는 것은 돈이 필요하다는 방증일 테고 그런 상황은 결국 그 회사의 주가조작 가능성을 높이는 요소가 될 수도 있다고 판단되었기 때문이죠. 게다가 막사라닷컴이라는 회사는 시가총액이 1천억 원이 넘는 큰 회사가 아니기 때문에 작전을 펼치기에 별다른 무리가 없는 규모지요. 자본금이 적고 대주주 지분율이 높은 회사는 그만큼 유통 주식수가 적을 수밖에 없고, 이는 적은 수량만으로도 주가를 주무를 수 있으니 막사라닷컴은 작전주로는 안성맞춤인 셈이죠. 자본금 40억 정도에 평소 거래량도 10만 주 정도 그리고 최대주주 지분율은 40%에 해당하는 그런 구조였으니까 말이죠. 게다가 온라인 쇼핑이라는 것이 대부분의 사람들에게 유망한 분야의 사업이라고 인식되어 있지요. 결국, 이런 기대감이 형성되어 있는 주식의 주가는 바람 잡기가 훨씬 쉽죠.

아니나 다를까, 막사라닷컴의 주가가 꿈틀대기 시작했죠. 저는 사채업자들의 돈을 끌어온 오 대표가 함께 일을 공모한 사람들과 여러 개의 차명계좌를 만들어 주가 띄우기에 들어가기 시작했을지도 모른다는 생각을 해보았어요. 그즈음 막사라닷컴이 '중국 시장에 진출할 계획이다'라든가 '중국 모 쇼핑몰 업체와 대형 프로젝트를 진행 중이다'라는 출처가 잘 파악되지 않은 소문들이 여기저기 나돌기 시작했죠. '소문에 사서 뉴스에 팔아라!'고 하는 증시 격언 때문이랄까? 나름 주식꾼이라고 자부하는 사람들일수록 이런 상황에 반응을 보이기 마련이죠.

강연수 님은 이 상황에서 막사라닷컴 주식을 어떻게 하시겠어요? 산다? 안 산다? 호재는 떴고, 주식 그래프는 오르고 있고, 이러다 혹시 대세 상승을 놓치게 되면 다른 사람들 부자되는 거 구경해야 하는 입장밖에 안 될 텐데 가만 있기 쉽지 않을 거예요, 누구라도.

제가 볼 때, 1차 상승은 한 번 있었어요. 아까 말한 뉴스가 뜨면서 막사라닷컴의 주가가 꽤나 급등했지요. 하지만 지금은 그런 급등세가 어느 정도 무뎌졌어요. 이것이 만약 작전이라면 아마 오늘 내일쯤 막사라닷컴에 대한 가벼운 악재가 하나 뜰 겁니다. 왜냐하면 강연수 님도 잘 아시겠지만, 1차 급등에서 작전 세력들은 주식을 팔고 수익창출을 한번 할 것이고요. 더불어 악재를 흘려 주가를 좀 떨어뜨린 뒤 다시 마련된 실탄(현금)을 가지고 주가 올리기를 시도하겠죠. 동시에, 감독기관의 시선도 분산시키고요. 한번에 목표치까지 올리는 바보짓은 안 하잖아요? 작전 들어간 거 광고하는 것도 아닐 테니까. 하지만 1차 급등을 목격한 개미들은 심장이 벌렁벌렁하고 있겠죠. 그리고 다음에는 이 흐름을 절대 놓치면 안 된다는 생각을 하는 사람들로 인해 가벼운 악재 이후, 형식적인 잠깐의 조정기를 거치고 나면 오히려 막사라닷컴은 2차 상승으로 진입하게 되겠죠.

참! 저도 지인으로부터 오 대표님이 명동 사채업자 만나는 걸 봤다는 이야기를 듣지 않았다면 작전을 의심해보지는 않았을 거에요. 인터넷 유통업이라는 것이 언제든 주가가 올라도 별로 이상할 것이 없는 그런 분야잖아요? 결국, 아주 미묘한 한 가지를 더 아느냐, 모르느냐에 따라서 완전히 판단이 달라질 수 있는 거죠.

개와 늑대의 시간! 해가 지면서 석양이 산마루에 걸려있는 어느 저녁, 저 먼 곳에서 지금 내게로 달려오고 있는 네발 달린 짐승이 얼핏 개처럼 보이기도 하고, 늑대처럼 보이기도 하는 그런 때! 귀여운 애완견일지, 사나운 늑대일지 우리는 그런 게임을 하고 있는 겁니다.

강연수는 장정현 팀장을 불렀다.

"장 팀장님, 잠깐만요!"

장 팀장은 입으로 가져가던 커피가 든 컵을 내려놓고 강연수의 자리로 다가왔다.

"팀장님, 이 메일 좀 보세요. 이게 제가 전에 말했던 의문의 인물이 제게 보낸 메일이에요."

"오, 이거구먼! 오늘은 어떤 내용이 적혀있는데?"

"예사롭지가 않아요. 직접 한 번 보시는 게…."

장정현 팀장은 눈으로 빠르게 Q의 메일을 읽어나갔다.

"흠, 막사라닷컷 주가변동 추이랑, 그와 관련된 뉴스들 좀 찾아 봐야겠는데?"

"예!"

강연수는 장 팀장의 말을 듣자마자 오른쪽으로 고개를 돌려 막내 사원을 보았다.

"막내, 들었지? 얼른 찾아 봐!"

그는 다소 긴장된 표정으로

"예, 예!"

하고 말하며 컴퓨터로 눈을 황급히 돌렸다. 강연수는 다시 장정현 팀장을 돌아다 보며 물었다.

"어떻게 하실 거예요?"

"무얼?"

"이런 정보를 갖게 되면 어떻게 해야 하는지를 묻는 거예요."

"허허, 강 대리. 전에 막사라닷컴 주식 가지고 있다고 하지 않았었나?"

장 팀장은 강연수 대리를 지그시 응시하며 말했다.

"예."

"이게 작전이 맞다고 한다면 이제 슬슬 빠져나오는 것이 좋을 거야. 작전의 끝은 언제나 대폭락으로 마무리되니까 말이야. 그런데 만약, 강 대리가 막사라닷컴 주식이 없는 상황에서 이런 정보를 얻는다면 그때는 어떻게 할 거야?"

강연수는 순간 고민을 하였다. 아무래도 작전 세력이 주가를 올리기로 한다는 사실을 안다면 잠깐 치고 빠지는 방법으로 수익을 낼 수 있지 않을까 하는 그런 생각이 들었기 때문이다. 강 대리가 잠깐 고민하는 모습을 보이자 장 팀장이 조금은 단호한 어조로 말했다.

"그럴 때는 절대 들어가면 안 돼!"

장 팀장의 단호한 목소리에 강 대리는 조금 놀라서 되물었다.

"들어가면 안 된다고요? 얼른 들어갔다가 약간 오르면 빠지면 되잖아요."

"흠, 보통 그런 생각을 많이들 하지. 하지만 작전 세력들은 주식의 물량까지 정확히 계산해서 자신들의 목표를 달성해. 아마 이미 상승세를 타기 시작하면 아무리 높은 가격으로 매수하려고 해도 잘 잡히지 않을 거야. 만약, 잡는다고 해도 소량의 주만 잡을 수 있을 뿐. 그러면 조금만 더 그 주식을 확보하고자 하는 욕심에 계속 매수 물량을 늘리려 드는데 그런 개미들이 점점 늘어나, 매수(사자) 주문이 충분히 쌓였다고 판단되는 순간 작전 세력들은 순식간에 그들의 물량을 매도(팔자)해 버리지. 그렇게 그 회사의 주주가 바뀌고 나면 이제 남은 일은 자이로드롭[1]이 떨어지듯 아찔한 낙하 사고만이 남을 뿐이야."

강연수는 자기도 모르게 양미간을 찌푸렸다.

"도대체 그런 일은 어떤 애들이 하는 거래요? 나쁜 놈들! 게다가 어떻게 그런 짓을 태연히 할 수가 있죠?"

이런 말을 하는 강 대리의 눈에는 맞은편 컴퓨터 앞에 앉아 막사라닷컴의 자료를 정리하며 자신의 뿔테 안경을 살짝 들어 올리는 막내 사원의 모습이 비쳤다. 이내 들려온 것은 장 팀장의 목소리였다.

"그런데 말이야, 신기하단 말이야?"

---

1) 전기모터의 힘으로 높이 올라갔다가 중력에 의한 위치에너지의 힘으로 빠른 속도로 낙하하는 놀이
   기구.

"뭐가요?"

"Q라는 사람. 혹시 강 대리가 막사라닷컴 주식을 갖고 있다는 것을 알고서 이 메일을 보낸 게 아닐까? 그냥 우연이라고 보기에는 좀…. 굳이 막사라닷컴 주식의 상황에 대해서 이야기해줄 이유가 없잖아."

"그렇기도 한데 그렇다고 자신을 숨기고 메일을 보내는 것도 참 이상해요. 나를 흠모하는 찌질한 오타쿠가 아닐까요?"

"하하하."

보통의 여자들 같았으면 갖은 싫다는 표정은 다 지었을 법한 순간에도 별 동요 없이 우스갯소리를 하며 넘길 수 있는 것은 강연수 특유의 대범함 덕분이었다. 장 팀장은 피식 웃으며 강연수의 어깨를 몇 번 토닥인 뒤 자신의 자리로 돌아갔다.

탄력성

어느덧 새 학기가 시작한 지도 두 달이 다 되어 갑니다. 한국대학교 학우 여러분, 오늘 하루도 즐거운 하루 되고 있으신지요? 저도 이렇게 학우 여러분들을 위해 오후 방송을 할 수 있었다는 것이 정말 행복했는데요, 학우 여러분들도 리포트 및 발표 준비 등등으로 바쁘시겠지만, 그래도 오늘같이 햇살 좋은 날에는 좋은 노래 한 곡을 들으면서 캠퍼스를 산책하는 여유를 즐기는 것도 좋을 거라 생각됩니다. 제가 오늘 준비한 마지막 곡입니다. 아! 이 영화가 개봉한 지도 정말 오래되었죠? 영화 '봄날은 간다'의 OST, 김윤아의 '봄날은 간다' 들으시면서 지금까지 PD 이민수, 대본 이선화, 기술 석청강 그리고 아나운서는 저 표동수였습니다.

♪ 눈을 감으면 문득 그리운 날의 기억
아직까지도 마음이 저려 오는 건

그건 아마 사랑도 피고 지는 꽃처럼
아름다워서 슬프기 때문일 거야 아마도

봄날은 가네 무심히도

꽃잎은 지네 바람에

머물 수 없던 아름다운 사람들

가만히 눈감으면 잡힐 것 같은

아련히 마음 아픈 추억 같은 것들 ♪

음악이 흐르자 표동수는 녹음 부스에서 나오고 있었고 석청강은 끼고 있던 헤드폰을 방송장비 위에 살포시 놓고 있었다. 이때 옆에 있던 방송반의 문화부 PD 이민수가 박수를 치면서 말했다.

"와, 선배님들! 정말 좋았어요. 굉장히 빨리 적응하시는데요?"

옆에 있던 방송반 국장 강경희가 거들었다.

"맞아요, 오빠들! 역시 내가 보는 눈이 틀리지 않았다니까!"

칭찬을 들은 석청강과 표동수는 서로를 바라보며 멋쩍은 웃음을 지었다.

"그럼, 나랑 동수는 수업이 있어서 이만 다녀올게."

"네, 선배님! 이따 저녁에 방송반 회의 있으니까 수업 마치시면 다시 방송실로 오세요."

"어, 그, 그러지. 허허허!"

석청강은 다시 한 번 멋쩍은 웃음을 웃고서는 표동수에게 얼른 나가자는 눈짓을 했다. 표동수는 가방을 들고 석청강과 함께 방송실을 나왔고, 그들은 경제학 수업이 있는 건물로 발길을 옮겼다.

"야, 동수야! 내가 대학교에서 수업 듣는 것도 신기한데 어쩌다 보니 동아리 활동까지 하게 됐네."

"그러니까, 근데 형 아까 장비 잘 만지더라."

"크크, 그러냐? 너도 아까 목소리 좋던데. 진짜 아나운서 해도 되겠더구먼, 하하."

이렇게 이들은 서로를 칭찬하며 강의실로 향하고 있었다.

그러면 석청강, 표동수는 어떻게 해서 학교 방송반에 들어와 방송국원으로 활동하게 되었을까? 이것을 알기 위해 잠깐 시간을 되돌려 이들이 처음 이 학교를 찾았던 그 날로 돌아가 봐야 할 것 같다.

석청강과 표동수는 조직원 최필호가 말한 대로, 주식 투자를 제대로 하기 위해 경제에 대한 기본기를 배우려고 대학교에서 경제학 수업을 듣기로 계획을 세웠다. 부하들을 시켜 청계천에서 서류 및 자격증 위조를 주로 하는 업자를 찾아가 서울에 있는 '한국대학교'의 가짜 학생증을 만들었고, 이것을 가지고 석청강과 표동수는 그동안 팔자에도 없었던 대학에서의 공부를 시작하게 된 것이다. 처음 학교를 오게 된 그날, 그들은 경제학원론 수업이 예정되어 있는 강의실을 찾아 들어갔다. 그곳은 적잖이 시끌벅적하였다. 학생들이 상당히 많은 대형 강의실이었다. 석청강과 표동수는 강의실 뒷부분, 문 가까운 곳 적당한 자리에 앉아서 서로 바라보면서 속삭였다.

"동수야, 대충 수업 듣다 보면 뭐 좀 이해되겠지? 고등학교 자퇴한 이후로 이런 걸 들어 본 적이 없어서, 허허허."

"그건 나도 마찬가지야, 형! 하여간 형이랑 다니면 별 희한한 일이 많다니깐!"

"하하하! 다 먹고 살자고 하는 짓이지."

이때 드디어 교수님이 들어왔다. 경제학계에서는 꽤나 유명한 최경호라는 이름의 교수였다. 강의가 시작되자 그는 최근 경제적 이슈에 대한 이야기부터 늘어 놓았다. 그러던 중 최 교수의 눈에 석청강과 표동수의 모습이 선명하게 들어왔다. 딱 보아도 대학생이라고 하기에는 좀 겉늙어 보이는 느낌이었다. 최 교수는 이 둘을 향하여 입을 열었다.

"거기 학생들, 대학생 맞나?"

생각지도 못한 질문에 석청강과 표동수가 당황했다. 하지만 애써 태연한 척 석청강이 답했다.

"아! 네네, 저희는 경제학과 학생입니다. 사, 삼수를 해서 들어와 휴학한 뒤 집안일을 거들다 군대도 늦게 다녀오고 그 뒤에도 어린 동생들을 키우느라 경황이 없어서…. 아무튼 뭐, 그러다 보니 이렇게 만학도가 되어 버렸습니다. 하하하!"

석청강의 말에 옆에 있던 표동수도 멋쩍은 웃음을 지으며,

"저, 저도 우, 우연히 이 형이랑 거의 똑같이…. 약간 다른 점은 저는 사수입니다."

최경호는 전혀 납득되지 않는다는 표정을 지었다. 그리고 말을 이었다.

"흠, 별로 믿어지지 않는구먼. 게다가 자네들의 분위기를 보자면 뭔가 남달라. 학생같지가 않고 기운이 뭔가 세다고나 할까?"

이 말을 들은 석청강은 표동수를 바라보며 나직이 속삭였다.

"뭐야, 저 교수. 무슨 도사야? 기운을 느끼게?"

"형, 정체가 드러나지 않게 잘 좀 얘기해 봐."

이런 말들을 서로 주고받고 있을 때 최 교수가 말을 이었다.

"흠, 자네들이 스스로 경제학과 학생이라고 했으니 내가 경제학으로 과연 자네들이 학생이 맞는지 아닌지를 검증해 보도록 하지. 허허허, 어떤가? 아니면 여기서 당장 행정실에 조교 보내서 확인해 볼 수도 있고. 혹시, 외부인이 들어와 학생을 사칭하면 교육 분위기가 흐려질 수 있으니까…. 허허허!"

석청강이 순간 말문이 막힌 찰나, 표동수가 나서며,

"네! 그럼 교수님께서 직접 검증을 해보시지요!"

라고 거침없이 말했다. 석청강은 곤혹스러운 표정으로 표동수를 바라보았고 표동수는 석청강을 향해 작은 목소리로 말했다.

"형! 어차피 행정실 같은데 가서 알아보면 뽀록날 거 차라리 이게 그나마 가능성이 있을 것 같아!"

이렇게 이야기를 나누고 있을 때 최 교수의 부드러운 음성이 들렸다.

"둘이 머리를 맞대도 좋아! 이러면서 같이 공부하는 거지. 난 원래 이런 식으로 진행하는 수업을 좋아해."

그리고 최 교수는 학생들을 둘러보며 큰 소리로 외쳤다.

"내가 이 두 학생에게 하는 질문에 여러분들도 각자의 생각을 자유롭게 표현해도 좋습니다."

그리고는 첫 번째 질문이 시작되었다.

"흠, 뭐 일단, 자네가 생각하는 경제학이란 뭔가?"

조폭 인생 20년에 이런 것을 답해야 할 날이 올 줄은 정말 몰랐다.

"경제학이라는 것은, 음… 그러니까. 뭐 다 먹고 살자고 하는 거죠. 하하하! 먹고 사는 문제를 고민하는 것 아니겠습니까?"

"허허, 좋아. 먹고 사는 문제를 고민하는 경제학을 논할 때 가장 중요한 키워드는?"

"키, 키워드요?"

석청강은 점점 굳어져 갔고 표동수는 모든 것을 체념한 듯 고개를 푹 숙이고 있었다.

"허허, 너무 긴장할 필요 없어. 그냥 자신의 생각을 말하면 되는 거니까. 그러니까 경제학 공부를 하면서 자네가 가장 염두에 두게 된 개념이 무엇인지를 물어보는 거야. '아! 경제학을 해봤더니 이 개념이 가장 중요하더라!' 같은 거. 어차피 이런 질문에 정답은 없어. 그저 자네들의 생각이 궁금할 뿐이니까."

이렇게 말하며 최 교수는 은은한 미소를 보였다. 석청강은 열심히 머리를 굴렸다. 사실, 경제학 수업을 들어오기로 결정했을 때, 막내 조직원 최필호가 한 가지 의견을 더 말한 바 있었다.

"청강 형님, 어차피 그냥 수업 들어가 봐야 하나도 못 알아들을 것이 뻔합니다. 제 고등학교 동창 중에 전교 2, 3등만 왔다 갔다 하다 고려대 경제학과를 들어간 친구가 한 명 있습니다. 제가 그 녀석을 찾아올 테니까 그 친구한테 가볍게 과외라도 받고 들어가시지요."

그 말이 타당하다고 느꼈던 석청강은 그 의견을 받아들였고 이틀 정도 '마라톤 특강'이라는 콘셉트로 하루 8시간씩 총 16시간을 경제학 전반에 대한 가벼운 교양 과외를 최필호의 친구로부터 들을 수 있었다. 과외료는 '떼인 돈 대신 받아 주는 서비스 특별 무료 이용권'이라는 거창한 이름의 자유이용권이었다. 사실, 과외를 해준 최필호의 친구는 이 이용권을 지금 당장 그들에게 쓰고 싶은 심정이었다. 아무튼 석청강은 16시간 정도 경제학 과외에서 들은 말들을 생각하며 열심히 머리를 굴렸다. 그리고 책상을 가볍게 '탁!' 치며 최 교수를 향해 외쳤다.

"교수님! 경제학하면 딱 떠오르는 키워드는 제 생각에는 바로 '탄력성'입니다."

"탄력성이라고?"

"네, 뭐 일단은. 탄력성이라는 것은 가격에 반응하는 정도라고 볼 수 있잖아요? 그러니까 A라는 물건을 살 때 이 물건 가격에 대해 탄력성이 큰 사람은 가격이 조금만 올라도 사지 않으려 할 것이지만, 탄력성이 작은 사람은 어지간히 값이 올라도 전혀 개의치 않고 그것을 사려고 하겠지요. 그래서 영화관에서 학생들과 직장인들 간에 요금 차이가 있는 것 아니겠습니까? 결국, 경제는 가격변화에 반응하는 탄력성, 이것이 항상 고려되어야 하는 요소라고 생각합니다. 게다가 미시 경제학뿐만 아니라 거시 경제학에서 학파들끼리 나누어져 치열한 토론을 벌이게 되는 것도 결국 탄력성에 대한 인식 차이 때문이 아니겠습니까?"

"음, 좋아. 그럼 자네의 이야기를 조금 더 일반화시켜서 표현하자면 결국 가격변화와 그에 따른 사람들의 반응, 이것이 경제의 가장 중요한 요소가 된다는 거지? 탄력성이라는 것은 그 반응의 정도를 말하는 것일 테니까."

"네, 결국 어떤 물건에 대한 특정가격에 사람들이 반응을 함으로써 그 지점에서 거래가 이루어지고 이것을 수요가 발생했다고 하는 거지요."

"그 가격이 균형가격일 테고?"

"네, 그리고 거래가 이루어지는 장소, 꼭 물리적인 장소뿐만 아니라 온라인이든, 오프라인이든 상관없이 가치의 교환이 이루어지는 모든 곳을 우리는 시장이라고 부릅니다. 결국, 경제의 본질이란 시장 그 자체라고 이야기해도 괜찮지 않을까요?"

가장 많은 외환보유고

　강연수 대리와 장정현 팀장 그리고 막내 신입사원은 그들의 일터인 신비증권 앞에 있는 호프집에서 시원한 맥주를 함께 마시고 있었다.

　"역시 시원한 맥주 한잔이야말로 사막에서 만나는 오아시스라니까!"

　금요일 밤이어서 그런지 장정현 팀장은 무척 기분이 좋아 보였다.

　"그런데 강 대리, 대체 그 Q라는 인물은 누굴까? 짐작 가는 사람 혹시 없어?"

　"그러니까요. 저도 정체가 궁금해 미치겠는데 도무지 알 수가 없으니까. 그냥 확 스팸 메일로 지정하고 앞으로는 받지 말까요?"

　"에이, 그러지 마. 좋은 정보 많이 주는데!"

　"그래도 뭔가 찜찜하기는 해요. 누군지 모르니까. 뭐하는 사람일까요?"

　"아마, 실력 있는 펀드 매니저거나 아니면 시장을 쥐락펴락할 수 있는 엄청난 큰손이거나! 아무튼 이러나저러나 강 대리만 좋은 거지, 크크크."

"그런데 팀장님, 주식시장에서 과연 작전으로 주가가 움직이는 경우는 얼마나 될까요?"

장 팀장은 앞에 있던 마늘 치킨을 포크로 발라내고 있었다. 그리고 달짝지근한 마늘 양념이 짙게 밴 치킨의 껍질과 살점을 한 번에 콕 찍어 입속에 넣고서는 그 향을 충분히 음미한 뒤 서서히 입을 열기 시작했다.

"작전이라. 물론 생각하기 나름이겠지만, 아무리 금감원 같은 기관에서 다양한 규제와 감독으로 시장의 건전화를 추구한다고는 해도 음흉한 일당들은 언제나 존재하는 데다가, 어떻게 보면 주식시장이라는 것 자체가 수많은 작전의 연속으로 볼 수도 있으니까 말이야."

"주식시장 자체가 수많은 작전의 연속으로 볼 수도 있다고요?"

장 팀장과 강연수의 긴밀한 대화 속에 막내 사원은 조용히 자신의 맥주를 홀짝이며 닭 다리를 사부작사부작 뜯고 있었다. 맛있다는 생각만을 되뇌며….

"뭐, '주식시장 = 작전', 100% 이렇게 볼 수는 없겠지만서도 가끔 비정상적 상황일 때는 그렇게 되는 경우도 많이 있다는 거야. 이를테면, 지난 2008년에 서브프라임 모기지 사태로 촉발된 미국 글로벌 금융위기 때의 상황만 살펴봐도 소위 투자은행들이 거래했던 'CDO(Collateralized Debt Obligation)[2]'라든가 혹은 '합성CDO'라든가 이런 것들을 보면 '이것이 과연 정상적인 금융 거래인가?' 하는 의구심

---

[2] 미국 주택담보대출을 기초로 만들어진 파생금융상품.

이 생기게 되잖아? 물론, 시작부터 사기는 아니지. 하지만 시간이 흐를수록 이런 파생상품을 이용한 거래의 크기가 마치 스노볼(Snow Ball)처럼 점점 부풀어 오르기 시작하더니 나중에는 꼬리가 몸통을 흔드는 격이 되어 버리는 그런 시장의 역전현상은 결국 사기성 가득한 작전이나 마찬가지로 변질되어 버린다는 거지. 그 피해는 고스란히 미국 국민들이 다 떠안았지."

잠자코 장정현 팀장의 이야기를 듣고 있던 강연수 대리는 갑자기 옆에 있던 막내 사원의 뒤통수를 후려갈기며,

"야, 막내! 팀장님이 중요한 말씀을 하시잖아. 잘 들어둬. 이런 걸 잘 알아두어야 경제를 느끼는 감각이 키워지는 거야. 맨날 그래프만 쳐다보고 있다고 올바른 의사결정을 할 수 있는 게 아니라고! 알겠어?"

"네네, 대리님!"

막내 사원의 군기 들린 목소리에,

"이게 다 후배를 사랑하는 선배의 마음이라는 걸 모르는 진짜 바보는 아니겠지?"

강연수는 은근한 웃음으로 다시 한 번 막내를 바라보며 말했다. 장 팀장이 자연스레 다시 입을 열었다.

"서브프라임 사태는 그야말로 세계적 충격이었지. 앨런 그린스펀 조차도 한 세기에 한 번 볼까, 말까 하는 그런 엄청난 사건을 인류가 목격한 거라고 말했거든. 사실 우리나라를 덮쳤던 1997년 외환위기는 아시아 금융위기였기 때문에 오히려 미국에서 촉발된 글로벌 금융위기보다는 그 충격이 훨씬 적은 편이었어. 2008년 노벨경

제학상 수상자였던 폴 크루그먼의 말을 빌리면 '세계 금융위기로 러시아, 한국, 브라질 등이 곤경에 빠졌다. 이 나라들은 1990년대 말, 당시로써는 엄청나다는 아시아 금융위기의 한복판에 있었다. 하지만 그때는 지금에 비하면 해변가에서 한가로운 시간을 보낸 시절이다라고 말했을 정도니까. 그러나 우리 국민들은 오히려 1997년 외환위기 때가 더 큰 충격으로 다가왔지. 왜냐면, 그때는 국가 부도 사태를 피하기 위해 IMF 구제 금융을 신청해서 혹독한 구조조정의 과정을 겪었으니까. 하지만 이때, 예방주사를 톡톡히 맞았던 우리나라는 그 이후 이런 충격에 대비하기 위해 현재 대한민국이 생긴 이래 가장 많은 외환보유고를 확보하고 있지. 그래도 중국이라는 큰 고래가 혹시 무너져 버린다면 이런 노력에도 불구하고 중과부적의 상황이 될 수도 있어. 때문에 그런 엄청난 상황은 부디 오지 않기를 개인적으로 바라고 있지만…. 걱정이 되긴 해. 미국의 금리 인상, 중국의 경기 둔화. 아무튼 미국이 금리 인상을 본격적으로 단행한 이후에는 언제나 어딘가에서 무언가 터져 나왔거든."

이때, 드디어 먹기만 하던 막내 사원이 입을 열어 질문을 하나 던졌다.

"그런데 팀장님, 1997년 때보다 2008년 위기가 더 넘기 힘든 높은 파도였다면 우리는 어떻게 해서 오히려 더 잘 대처할 수 있었습니까?"

장 팀장은 흐뭇한 웃음을 보이며 막내 사원을 보며 답했다.

"오, 좋아! 자네도 점점 진정한 증권맨으로 거듭나는 것 같군. 의문을 품는 이런 태도를 계속 유지하도록 해. 그것이 자네에게 시장을 느끼게 하는 좋은 감각을 키워주게 될 테니까. 단순히 머리로만 경제를 아는 것을 넘어서서 가슴으로 시장의 추이를 느낄 수 있는 게 중요한데 그 경지에 이르기 위해서는 과거 사건들을 적당히 전반적으로 두루뭉술하게 알고 넘어가는 것이 아니라, 중요한 마디, 마디를 살피고 지나가는 것이 중요하지."

경제의 파도

"경제는 시장이다. 좋은 말이야. 그런데 시장이 때로는 제 기능을 다하지 못하는 때도 있는데 그것은 왜 그런가?"

최 교수의 질문을 들을 때마다 표동수는 점점 더 몸을 움츠리며 석청강을 바라볼 뿐이었다. 석청강은 16시간 경제학 속성 과외를 받은 것으로 어떻게든 답을 찾아보기 위해 일평생 지금 이 순간 가장 성실하게 자신의 머리를 사용하고 있었다. 석청강은 어렵사리 입을 열었다. 고등학생 때부터 시작된 조폭 인생 20년. 사실 이 순간 이야말로 그에게는 가장 힘든 싸움이었다.

"시장 기능을 해치는 이유로 경제학에서는 일단, 정보의 비대칭, 독과점 그리고 외부효과가 있었던 것으로 생각이 됩니다만…."

"그래서?"

"그, 그래서…."

"맞아, 정보의 비대칭[3], 독과점[4], 그리고 외부효과[5]. 이런 것들이 만연하게 되면 시장은 제 기능을 못하게 되지. 개개인의 순수한 자기 이익 추구가 오히려 경제적 효용을 감소시키는 결과를 초래할 수도 있다는 것을 설명해주는 개념들이야. 즉, 때로는 정부가 필연적으로 개입할 수밖에 없다는 정부개입의 정당성을 확보해 주는 말들이지."

이때, 누군가 최 교수를 향해 한마디 덧붙였다.

"교수님, 결국 경제라는 것은 정부개입과 순수 시장경제에 대한 치열한 논쟁 속에 발전해 온 것 아닙니까?"

최 교수는 그 학생을 바라보며 입을 열었다.

"경제는 정부의 적극적 개입을 요구하는 측과 소극적으로만 개입해야 한다는 측의 대립 속에서 발전해 왔어요. 그러면 이런 부분들에 대해 우리는 왜 관심을 가져야 할까요?"

이때 한 학생이 손을 들고 대답했다.

---

3) 정보의 비대칭성은 경제 주체 사이에 정보 격차가 생기는 현상이다. 예를 들어 중고차 시장에 차를 사기 위해 찾아간 고객으로서는 그 차를 판매하고자 하는 판매자의 이야기를 신뢰할 수밖에 없는 입장에 놓이게 된다. 왜냐하면 그 중고차에 대한 다른 정보의 출처가 없기 때문이다. 하지만 중고차를 판매하는 딜러는 자신이 소개하고 있는 중고차에 대하여 모든 것을 알고 있다. 결국, 중고차 딜러는 자신이 팔고자 하는 중고차에 대하여 유리한 정보만을 고객에게 이야기하고 불리한 정보를 숨김으로써 이 차를 실질 가치보다 더욱 비싼 가격에 판매할 수 있는 유리한 입장에 서 있는 것이다.

4) 하나 또는 소수의 기업이 생산과 시장을 지배하고 있는 상태. 즉 이런 상태에서는 시장가격을 소수의 기업들이 담합을 하여 자신들의 편의에 맞게 지정할 수 있게 된다.

5) 시장을 통하지 않고 무상으로 다른 경제 주체에 이득이나 손해를 끼치는 것. 외부효과로는 이로운 것과 해로운 것이 있는데 예를 들면 A라는 사람이 자신의 집 앞에 자신이 좋아하는 장미꽃을 심었다고 했을 때, 이 행위는 그저 A가 자신이 장미꽃을 좋아해서 시장에서 장미를 사다 심었을 뿐이지만, A라는 사람의 집 앞을 지나치는 장미를 좋아하는 또 다른 사람에게도 장미꽃을 보는 즐거움을 무료로 선사하게 되므로 이 경우는 이로운 외부효과가 된다. 반면 해로운 외부효과는 우리가 먼 곳에 이동할 때 자가용을 운행하게 되는데 이때 자신의 자가용이 내뿜는 매연에 대해 특별히 따로 비용을 지불하지는 않으므로 이런 경우는 해로운 외부효과가 된다.

"아담 스미스 이후 경제학은 많은 발전을 거듭해 왔습니다. 그 과정 속에서 다양한 형태의 경제 실험이 이루어지기도 했지요. 그리고 그러한 실험의 결과에 대해서도 너무나 잘 알게 되었고요. 어쨌든 경제라는 것은 호황과 불황이 반복되면서 완전히 똑같지는 않으나 과거의 일과 매우 유사한 상황들이 몇 년 주기로 반복되고 있음을 알 수 있습니다. 경제적 호황 뒤에는 대공황이 찾아왔고, 그 뒤에 다시 호황이 찾아왔고, 그 뒤에 다시 글로벌 금융위기라고 하는 또 다른 공황이 찾아오는 등 이런 주기가 반복되었지요. 이런 흐름 속에서 큰 정부, 작은 정부, 큰 정부, 작은 정부 등등 사람들의 요구는 그때그때 달라졌고, 그 때문에 케인지언과 고전학파끼리 상호작용을 하며 이론의 정교함을 더해 왔다고 생각합니다. 여기서 우리가 주목해야 하는 사실은 이러한 상황 변화가 바로 우리 삶에 직접적으로 영향을 미친다는 점입니다."

지금 이야기를 하고 있는 사람은 바로 학교 방송반 국장 강경희였다. 이때만 해도 석청강, 표동수 두 사람과 강경희는 서로가 누구인지 알기 전이다. 또박또박 대답하던 강경희는 잠깐 크게 숨을 내쉬는 듯하더니 자신의 말을 이어 나갔다.

"예를 들어, 여기에 A, B 두 사람의 농부가 있다고 합시다. A는 참외농사를 지었습니다. A는 처음에는 농사가 잘 되어서 좋아했지만, 오히려 전국적 풍년으로 인한 과도한 공급 때문에 참외 가격이 떨어져 수익창출에 실패합니다. 반면 B는 고추농사를 지었는데 참외와 달리 제 가격을 받고 팔 수 있어서 성공적으로 수익 창출을 이루었습니다. 이듬해 농사철이 돌아오자 A는 얼른 고추농사를 시작했고

B는 오히려 참외농사를 선택했습니다. 작년 참외의 수익이 안 좋았던 기억이 있는 대다수의 농부들이 고추농사를 시도 할 것이라는 전략적 판단하에 오히려 참외농사를 결심한 것이죠. 그리고 1년이 지나 이번에는 고추농사에 너무 많은 공급자가 몰리면서 고추가 제 가격을 받지 못하는 일이 벌어졌습니다. 오히려 작년에 재미를 보지 못한 참외는 올해 공급이 적은 관계로 값이 오르는 바람에 B는 다시 한 번 큰 수익을 얻게 되었습니다. 이 이야기 속에 제가 말하고자 하는 메시지가 있습니다. 즉, 누군가는 경제의 파도를 잘 타고 있고 다른 누군가는 계속 거꾸로 타고 있다는 것입니다. 즉, 우리는 경제의 파도를 언제나 주목하고 있어야 합니다. 변하지 않는 한 가지 사실! 이 파도는 높을 때에는 결국 내려오고 낮을 때에는 다시 올라간다는 것입니다. 하지만 여전히 많은 사람들이 지금 이 파도가 어느 위치에 있는지를 살피지 않은 채 성급하게 투자를 감행하곤 하지요. 경제의 파도를 잘 살피기 위해서라도 우리는 지난 발자취를 유심히 되돌아봐야 한다고 생각합니다."

강의실에서는 '오!' 하는 탄성이 터져 나왔다. 최 교수는,

"자네 이름이 뭔가?"

하고 물었다.

"강경희입니다."

"흠, 좋아요, 지금 경희 학생이 경제의 흐름이 우리 삶에 직접적으로 영향을 미친다는 것을 예를 들어서 잘 이야기를 해주었어요. 다시 말해 우리가 경제사를 주목해야 하는 이유는 바로 투자의 지혜를 얻을 수 있기 때문이지요. 더구나 세계화가 깊이 진행된 현대에

는 전체를 조망하는 시야가 꼭 필요하지요."

최 교수는 잠시 숨을 들이마시더니 강의를 계속 진행했다.

"1914년 6월 28일, 보스니아의 수도 사라예보를 방문한 오스트리아의 페르디난트 황태자 부부는 세르비아계 민족주의자였던 한 대학생이 쏜 총을 맞고 숨지게 됩니다. 이것은 세계 1차 대전의 도화선이 되었어요. 유럽 전체는 전쟁의 소용돌이 속으로 휘말려 들어가 버렸죠. 이 전쟁의 결과는 이미 여러분들이 잘 알고 있을 겁니다. 전쟁의 승전국들은 패전국이었던 독일에게 어마어마한 전쟁배상금을 요구했어요. 가혹할 정도로 말이죠. 이때, 결코 갚을 수 없는 높은 수준의 전쟁배상금을 요구하는 것은 더 큰 재앙을 불러오게 될 것이라고 경고했던 인물이 바로 케인스였어요. 그는 그의 저서 『평화의 경제적 결과』라는 책에서 '독일을 더욱 궁핍하게 한다면, 그래서 아이들을 굶게 만든다면 복수가 시작될 것이고 그러면 문명을 파괴하는 최후의 전쟁을 피할 수 없게 될 것이다'라는 매우 정확한 예측을 했어요. 독일은 전쟁배상금을 내기 위해 정신없이 돈을 찍어낼 수밖에 없었고 너무나도 당연하게 하이퍼 인플레이션[6]이 찾아오게 됩니다. 물건을 사기 위해서 돈을 수레에 싣고 다녀야 할 정도였으니까, 중산층의 재산은 완전히 사라져 버린 거죠. 희망이 보이지 않았던 독일의 이러한 경제 상황은 나치라고 하는 기형적 정치 집단을 탄생시키는 계기로 작용합니다. 어느 날 재산이 사라져 버린 독일인의 분노를 효과적으로 자극했던 히틀러는 독일인들에게

---

6) 단기간에 생긴 극심한 물가 상승 현상.

새로운 희망으로 다가왔던 거죠. 즉, 독일의 과도한 인플레이션이 민주적 절차를 통해 최악의 전체주의를 탄생시키는 역사적 아이러니를 만들어낸 겁니다. 이렇게 타락하는 독일 사회를 보면서 또 하나의 경제학의 거인 하이에크는 인플레이션이야말로 민주주의를 망치는 주범이라는 생각을 굳게 가지게 되었어요.

반면, 1920년대의 미국은 엄청난 호황을 맞이합니다. 경제의 호황이라는 것은 사람들이 부담 없이 소비를 하고 있다는 뜻이지만, 그만큼 점점 더 경제에 거품이 차오르게 되기도 하지요. 사실, 그때그때 구조조정 등을 통하여 뜨겁게 달아오르는 경제를 어느 정도 식혀주는 노력이 필요한데, 그게 쉽지가 않아요. 구조조정이라는 것은 가장 좁은 의미로 말하면 어떤 사업체나 조직을 더 효율적으로 만들기 위한 경영 활동을 이야기 하지만 지금 내가 말하는 의미는 그것을 포함해 나아가 좀 더 넓은 의미로 사용했어요. 즉, 경제적 조정이라는 뜻으로 말이죠. 어쨌든, 이런 경제적 조정기능에 대해서 치열한 논쟁을 주고받았던 두 인물이 바로 케인스와 하이에크입니다. 케인스는 경제의 구조조정을 위해 정부의 적극 개입을, 하이에크는 가격에 의한 시장의 자연스러운 조정을 강조한 거죠.”

최경호 교수는 강의를 할 때마다 들고 다니는 작은 페트병에 든 '옥수수 수염차'를 한 모금 마시고는 하던 말을 계속했다.

“경제는 계속 호황만 있을 수도 없고, 계속 불황만 있지도 않습니다. 이것은 불변의 진리입니다. 그런데 인간은 이런 기본적 진리를 쉽게 망각하지요. 계속될 줄만 알았던, 잘나가던 미국 경제가 1929년 10월 24일 검은 목요일로 불리는 뉴욕증시 대폭락과 함께 끝을 알 수 없는 나락으로 떨어지기 시작합니다."

최경호 교수는 학생들을 둘러보며 말했다.

"이런 일이 벌어지면 사람들은 어떻게 반응할까요?"

한 학생이 외쳤다.

"뱅크런!"

최 교수는 그 학생을 바라보며 웃으면서 고개를 끄덕였다.

"대량인출사태! 마치, 인기 가수 아이유나 장기하의 콘서트장이 연상될 만큼 많은 사람들이 은행 앞에 줄을 서 있게 되지요. 그러면서 결국 은행도 무너지게 되는 겁니다. 한때 우리나라에서는 '은행은 절대 망하지 않는다'는 생각이 만연했던 적도 있는데 이는 완전히 틀린 생각이지요. 생존전략에 실패한 모든 것은 사라지는 것이 자연의 섭리이지요. 같은 맥락에서 '대마불사(too big to fail)'도 매우 위험한 발상입니다. 정부가 특정 금융기관 혹은 특정 기업을 계속해서 망하지 않게 뒤를 봐주게 되는 선례를 남기면 점점 더 도덕적 해이가 만연하게 되고 이는 정부의 부담을 가중시켜 결국에는 국가 자체가 부도가 나버리는 상황이 발생하게 되는 겁니다. 즉, 은행이든, 기업이든, 개인이든 투자에 대한 결정을 잘못 내린 부분에 대한 책임은 당사자들에게 있는 겁니다. 그런데 정치 행위가 시장경제의 팔목을 비틀어대기 시작하면 자연스러운 경제조정은 애초에 불가능하지요.

미국에서 트루먼 대통령 다음으로 연합군 최고 사령관 출신 '드와이트 아이젠하워'가 공화당 후보로 출마하여 대통령으로 당선됩니다. 미치광이 히틀러를 격파한 공로에 대한 국민들의 보답이지요. 아이젠하워의 경제 브레인은 경기 순환 전문가 '아서 번스'였는데 그는 거시경제를 관리해야 한다는 생각을 가진 인물이었습니다. 한국 전쟁이 끝나고 1954년 미국의 경기 후퇴가 왔을 때, 그는 70억 달러의 세금 인하를 감행했고 결과 연방 재정은 적자로 돌아서게 되지요.

아이젠하워의 임기 중 경기 후퇴는 대략 3차례 정도 왔는데 그때마다 케인스 방법론으로 그 충격을 완화시키려 했어요. 특히 1956년 주와 주를 잇는 광역 고속도로망 건설은 불황기에 정부가 사회 간접 자본에 투자해서 경기를 살려야 한다는 케인스의 평소 생각과 딱 들어맞았던 거지요. 게다가 1957년 10월에 소련이 최초의 인공 위성 스푸트니크를 우주로 쏘아 올리고 이것은 우주 개발 경쟁을 촉발시키는 계기가 되었어요. 향후 50년간 나사(미 항공우주국)의 예산은 천문학적 수치로 증가하게 됩니다.

어쨌든, 1950년대는 미국인들에게는 그야말로 풍요로운 시대였어요. 집집마다 냉장고, 세탁기, 자동차 등 부담 없이 소비를 즐겼지요. 하지만 이번에도 경제의 진리는 그대로 적용됩니다. 즉, 1958년 즈음부터 다시 경기 후퇴의 조짐을 보이며 복지 지출 증가, 세수의 축소 등으로 재정 적자가 130억 달러를 기록하게 되었지요. 아이젠하워는 빚더미 재정을 염려하여 그해 있던 선거에서 '더 이상 돈을 풀어야 한다는 후보를 의회로 보내서는 안 된다'고 유권자들에게 호소하지만 유권자들의 선택은 상·하원 모두 민주당을 다수파로 뽑아 주었습니다. 그럼에도 불구하고 임기 마지막 해의 아이젠하워는 '마지막 한 푼이라도 정부 지출을 줄일 것이다'라고 자신의 의지를 재표명했지요. 이런 분위기 속에서 아이젠하워의 부통령 리처드 닉슨과 민주당의 존 F. 케네디가 맞붙게 될 대선은 하루하루 다가오고 있었습니다. 영리한 민주당의 의원들은 아이젠하워의 긴축정책은 다가올 대선에서 불리하게 작용할 것이라는 사실을 너무도 잘 알고 있었지요. 그들은 아이젠하워의 결심에 매우 적극적으로 동참하며 정부 지출을 더 강도 높게 삭감했습니다. 여기에 연준은 이미 가파른 금리 인상을 계속하고 있었으니 아이젠하워는 임기 말에 그야말로 긴축의 끝판왕이 되어 버린 거지요. 놀랍게도 재정수지가 2억 6,900만 달러 흑자로 돌아섰어요.

하지만 재정 정책과 통화 정책이 동시에 긴축정책을 표방하면서 1960년 4월 즈음 경기 후퇴가 가시화되었고 집권 여당이었던 공화당은 유권자들로부터 외면받게 된 거죠. 다시 확장정책을 통해 분위기를 반전시킬 여력이 있었으나 그렇게 하지 않았고 그 결과, '침체에 빠진 나라를 다시 살리자!'라는 주장으로 민주당의 케네디가 대통령으로 당선이 되었어요. 사실, 만약 아이젠하워가 조금만 방향을 바꿔서 사람들이 원하는 정책을 조금만 했었어도 선거 결과는 달라졌을지도 모릅니다. 두 후보의 득표 차는 그리 크지 않은 그야말로 박빙의 승부였거든요. 닉슨은 충분히 이길 수 있는 선거를 아이젠하워가 망쳐놨다고 원망했지만 이미 늦은 일이었지요. 이 35대 대통령 선거는 미국 정치인들에게 재정수지를 개선하기 위한 노력을 했다가는 유권자들의 외면만을 받을 뿐이라는 사실을 되새기게 만들었지요."

미네르바 증후군

"한·미 통화스와프!"

장 팀장은 힘주어 말했다. 강연수 대리는 자신이 즐겨 먹는 치킨의 날개를 뜯어 먹으며 장 팀장의 이야기를 경청하고 있었다.

"2008년 9월 15일, 리먼브라더스가 파산 보호 신청을 했지만, 미국 정부는 투자은행 구제를 위한 공적자금은 없다면서 완고한 입장을 보였고, 이로 인해 보름 정도 미국증시와 세계증시가 동반 폭락하기 시작했지. 그렇지 않아도 우리나라는 이미 이전부터 9월 위기설이 떠돌고 있었는데 그런 와중에 세계 경제위기가 터지니까 한국 경제를 바라보는 사람들의 심리는 급격히 얼어붙은 거야."

닭 날개를 모두 발라내어 그 살의 맛을 모두 음미한 뒤 뿌듯한 표정으로 날개 뼈를 양철통에 휙 하고 던져넣던 강연수는 장정현 팀장을 바라보며 물었다.

"9월 위기설이요?"

"응, 9월 위기설. 항간에 떠들썩했던 '미네르바' 알지? 네티즌 미네르바를 중심으로 해서 그에 동조하는 언론 및 학자들에 의해 널리 퍼져 나갔던 9월 위기설. 그 내용에 따르면 2008년 9월 14일까지 만기가 돌아오는 채권이 67억 달러라는 거야. 그런데 만약 외국인들이 이 채권을 모두 처분하게 되면 한국은 외환위기를 다시 한 번 겪게 될 것이라는 주장이었지."

막내 사원이 재빨리 물었다.

"그때 외환보유고가 얼마인지만 알면 판단할 수 있는 거 아닌가요?"

"맞아! 당시 외환보유고는 2,400억 달러. 즉 67억 달러 채권으로 외환위기를 다시 겪게 될 것이라는 것은 납득하기 힘든 주장이었지. 하지만 대중 심리라는 것은 막상 그런 주장이 떠돌면 냉철한 판단을 하기보다는 분위기에 편승하는 특성이 있지. 게다가 공포심을 자극하는 뉴스는 언론에게는 한껏 수익을 올릴 수 있는 좋은 소재가 되잖아? 우리도 그때, 증권가 찌라시 같은 걸로 여러 괴담들을 열심히 돌려보고는 했었잖아? 하하."

그때 강연수 대리가 맥주를 벌컥벌컥 마시고는 장 팀장과 막내 사원을 번갈아 보면서 머릿속에 떠오른 생각을 말했다.

"그러니까 언론의 자유 그리고 그에 따른 책임, 뭐 이런 게 이슈가 됐던 거잖아요? 미네르바 사건이라는 것이."

"그렇지. '9월 위기설'이라는 것이 얼마든지 자유롭게 이야기할 수 있지만, 동시에 그것이 점점 퍼져 나가고 과장되어서 사람들의 경제심리를 위축시킨다면, 그리고 이를 바라보는 외국인 투자자들이 점점 얼어붙는 한국시장을 외면한다면, 사실은 겪지 않아도 되는 위기를 스스로 불러들이는 꼴이 되는 거니까 제 눈 찌르기가 될 수도 있는 거지. 경제위기, 경제위기 쉽게 말하지만 경제위기라는 것이 바로 나의 이웃, 때로는 나 자신이 정리해고의 대상이 되고 혹은 내 자식의 취업길이 막혀버리는 그런 실질적 부작용을 얘기하는 거잖아."

이때, 막내 사원이 끼어들었다.

"하지만 그 사람들은 정말로 나라를 걱정해서 그랬을 거잖아요. 악의를 갖고서 한 주장이라기보다는 자신들이 보는 관점으로는 진실로 염려되어서 선의를 가지고 펼쳤던 논리 아닐까요?"

막내를 바라보며 장 팀장이 대답해주려던 찰나 강연수 대리가,

"팀장님, 이거 좀 드시면서 말씀하세요."

라고 말하며 장 팀장을 향해 먹음직한 닭 다리를 건네주었다.

"어, 고마워."

장 팀장은 한입 크게 베어 물었다. 오물오물 맛을 음미하고 있을 때, 때마침 종업원이 아까 시킨 생맥주 세 잔을 가져왔다.

"막내가 좋은 이야기를 했어. 누군가 악의를 가지고 거짓말하는 거라면 차라리 문제가 간단한데 치열한 논쟁이라는 것은 신념과 신념이 부딪히는 곳에서 터져 나오기 마련이거든. 소위, 나라를 위하는 선한 마음끼리 피 터지는 싸움을 하는 거지."

"복잡하네요."

강 대리는 양미간을 찌푸리며 안타까운 마음을 표출하고 있었다.

"하지만 분명한 것은 누군가는 진실에 부합하는 주장을 하고 있고, 다른 누군가는 진실과 괴리된 주장을 하고 있다는 것. 즉, 어떤 이슈가 터져 나왔을 때, 섣불리 입장을 정하기보다는 사실관계 파악을 성실히 한 뒤 결론을 내려야 하는 거지. 그리고 서로 토론을

벌이는 거야."

"합의점을 도출하면 다행이고 그게 아니라면?"

강연수 대리가 되물었다.

"아니라면 법치에 따라서 결론 내리는 거지. 주장, 반박 그리고 결론 모두 법적 프로세스에 따라서 이루어져야 하지. 다들 느끼겠지만, 우리가 다른 나라를 보아도 그래도 법치가 안정된 나라일수록 신뢰가 가고 그렇지 못한 나라가 보통 바닥을 헤매잖아? 우리가 그렇게 되서는 안 되겠지.

어쨌든, 국내에서 '9월 위기설' 등 이런저런 불안 심리를 자극하는 이야기들이 증폭되니까 외신에서도 한국경제에 대한 의심을 표하는 보도들이 점점 번져 나갔지. 2008년 10월 14일 '파이낸셜타임스'는 '침몰하는 한국경제'라는 기사를 썼지. 영국 일간지 '더 타임스'는 9월 1일 한국의 외환보유액이 9개월 수입액 수준에 미달한다는 뉴스를 전하기도 했는데 이것은 틀린 사실로서 우리 정부가 해명 자료를 다시 발표하는 해프닝이 빚어지기도 했어. 급기야 10월 17일 '파이낸셜타임스'는 한국이 아시아 국가 중 세계 금융위기의 첫 번째 희생자가 될 것이라는 주장을 담은 보도를 내보내며 위기설을 계속 부채질했지."

장 팀장의 이야기를 듣던 강 대리는 목이 타는 듯 자신의 맥주를 연신 입으로 가져갔고, 장 팀장 역시 자기 앞에 놓인 잔을 들고 충분히 목을 적신 뒤 이야기를 계속했다.

"한국의 위기설이 점점 퍼져 나가면서 국제 금융시장에서는 한국경제를 비관적으로 보는 시각이 팽배해졌고 이로 인해 우리 은행들은 외환수급에 점점 더 어려움을 겪게 되었지. 채권 만기 연장 역시 점점 더 힘들어지고 말이야. 외국인 투자자들 역시 국내 주식과 채권을 대규모로 팔아치우기 시작했는데 2008년 4분기에만 650억 달러가 빠져나갔고, 원·달러 환율은 무려 1,500원이 넘어갔지. 참고로 오늘 원·달러 환율이…"

장 팀장은 자신의 스마트폰을 검색했다.

"대략 1,184원이니까 당시 우리나라 화폐가치가 얼마나 하락했는지를 잘 알 수 있지. 뭐, 지금은 쉽게 2,000선을 넘나드는 코스피 지수가 그때는 900대를 기록할 정도였으니 그 심각성은 이루 말할 수 없었던 거야. 그야말로 'AGAIN 1997'이 되는 건 아닌지 모두가 패닉 상태였어. 1997년 외환위기 다들 알지? 250만 명이 일자리를 잃고 2만 개의 회사가 무너졌으며 그리고 코너에 몰린 수많은 가장들이 자살을 선택해야 했던 그 충격적 사건! 그런 외환위기가 다시 오는 것은 아닌지 우리 모두 긴장하고 있었지."

케인스와 하이에크

최경호 교수의 경제학 강의는 계속되고 있었다.

"아까 말한 1929년 10월 24일 검은 목요일 이후 미국 은행의 절반 정도가 사라져 버렸어요. 그야말로 경제는 완전히 붕괴되어 수많은 사람들이 무료 급식으로 하루하루 연명해야 했었죠. 불황은 점점 퍼져 나갔고 그 여파로 유럽에서는 파시즘이 번져 가기 시작했어요. 자본주의의 붕괴에 당황한 사람들이 급한 마음에 활로를 찾다 보니 그런 잘못된 체제를 선뜻 선택하게 된 거죠.

이런 흉흉한 분위기 속에서 올바른 경제이념을 다시 구축하고자 노력했던 사람 중 한 명이 케인스였어요. 그는 지금까지 주류이념이었던 고전학파 경제이론을 비판하며 자신만의 새로운 경제논리를 만들었는데 이것이 훗날 거시경제학의 토대가 됩니다. 케인스는 만성적인 수요부족이 경제 활동의 둔화를 가져온다고 주장하면서 이런 상황에서는 정부가 공공사업을 통해 인위적으로 수요를 창출시켜야 한다고 주장했어요. 미국의 프랭클린 루스벨트 대통령은 뉴딜정책이라는 이름으로 적극적으로 경제에 개입하여 정부주도로 댐, 고속도로, 국립공원 등을 건설하기 시작했지요. 일자리에 목말

랐던 사람들은 구름같이 몰려들었어요. 그리고 그는 은행이나 주식시장 등을 규제하는 정부기관들을 만들어 자유시장의 고삐를 움켜쥐었습니다. 정부의 개입이 강화된 만큼 자연스레 규제와 규범들이 증가하게 된 거죠. 케인스는 실업문제 및 민생문제 해결을 위한 정부개입을 당연한 의무라고 여겼어요. 반면 미제스나 하이에크와 같은 오스트리아의 경제학자들은 시장이란 인위적으로 조정할 수 있는 것이 아니므로 정부의 간섭은 결국에는 더 큰 부작용만을 불러올 것이라는 관점을 고수하고 있었어요. 경제가 워낙 죽어 있었으므로 당시의 사람들은 주로 케인스의 이론에 호의를 보였어요. 사실 고전학파의 주장은 그때 분위기로는 욕먹기 딱 좋았죠. 정부가 경제를 살리기 위해 사업을 벌이면 벌일수록 정부의 부채가 계속 쌓이는 문제점이 내재하고 있었지만, 그때는 그런 걸 챙길 겨를조차 없었어요.

케인스는 놀고 있는 사람과 멈춰 있는 공장이야말로 새로운 사업에 필요한 자원이라고 생각했습니다. 이런 자원들을 그냥 놔두는 것이야말로 바보 같은 짓이라고 목소리를 높였지요. 거기다 케인스는 승수이론이라는 개념을 들고나왔어요. 승수이론이란 정부가 공공사업을 벌여 A라는 사람에게 10만 원의 임금을 주면 A는 2만 원은 저축하고 나머지 8만 원을 식료품을 사는 데 쓰고, 식료품 가게 주인 B는 A로부터 받은 8만 원 중 2만 원을 저축하고 나머지 6만 원을 옷을 사는 데 쓰고, 옷가게 주인 C는 B로부터 받은 6만 원 중 2만 원은 저축하고 나머지 4만 원은 여자친구를 주기 위한 장미꽃을 사는 데 쓰고, 꽃가게 주인 D는 C로부터 받은 4만 원 중 2만 원은 저축하고 나머지 2만 원은 황사마스크 사는 데 쓰고, 황사마스크 가게 주인 E는 D로부터 받은 2만 원을 고스란히 은행에 저축하는 행위를 했다고 가정했을 때, 여기서 승수효과로 인해 창출된 경제적 수요는 '10+8+6+4+2=30'으로서 처음에 정부가 A에게 임금 10만 원을 준 것이 돌고 돌아 무려 3배의 확장 효과를 가져 온다는 얘기였어요. 이 경우 승수는 3이 되는 거죠. 결국, 케인스는 정부가 돈을 뿌리는 행위는 경제를 살리는데 매우 효과적이라는 그의 주장을 승수효과라는 개념을 통해 뒷받침하려 한 겁니다. 하지만 하이에크와 같은 자유시장론자들은 정부가 빚을 내어서 지출을 늘리는 이런 방안은 미래 세대가 소비해야 할 국가 재정을 갉아먹는 짓이라고 지적하며 정부 주도의 정책을 반대했어요.

분명한 건 그 당시 상황 때문에 케인스의 이론은 사람들로부터 희망을 주는 이야기로 여겨졌고 자유시장론자들의 주장은 매우 귀에 거슬리는 소리로 간주되었습니다. 그 결과, 케인스의 명성은 점점 높아진 반면, 하이에크 같은 자유시장론자들은 사람들의 기억에서 계속해서 멀어져갔지요.

1941년에는 세계 2차대전이 발발했고 이로 인해 미국 정부는 전쟁 수행을 위한 확장정책을 계속해 나갔어요. 실업자들은 탄약, 트럭, 전투기, 탱크 혹은 군복 등을 만드는 일을 하는 취업자로 바뀌었죠. 이로써 경제의 주름살은 완전히 펴지기 시작했어요.

1944년이 되자 미국 뉴햄프셔 브레턴우즈에서는 케인스와 화이트를 비롯하여 전세계의 수많은 대표들이 이제 곧 끝날 것으로 보이는 전쟁 그 이후의 세계를 어떻게 경영할지 논의하기 위하여 모여들었습니다. 이곳에서 세계은행 그리고 IMF의 아이디어가 나왔고 훗날 그것들이 설립되었지요."

여기까지 이야기하던 최 교수는 그가 강의 시간에 즐겨 먹는 광동제약의 옥수수 수염차를 다시 한 모금 마시고는 말을 이어 나갔다.

"케인스가 잘나가던 그 시절, 하이에크는 경제에 대한 국가 계획의 확대는 결국 전체주의로 흐를 수밖에 없다는 주장을 담은 『노예의 길(the road to serfdom)』이라는 책을 저술했어요. 정부 주도하에 정부가 계획해서 끌어가는 경제체제는 결국에는 그 사회를 전체주의로 변질시키고야 만다는 주장을 내놓았던 거죠. 이 책은 큰 반향을 일으키면서 여기저기서 많은 논쟁을 불러왔습니다. 하지만 하이에크는 이번에도 대중들과 학자들로부터 결국 시대에 맞지 않는 소리나 내뱉는 원시인쯤으로 여겨질 뿐이었습니다."

이때 최 교수가 강의실 뒤편 벽면에 걸려 있는 시계를 보았다.

"아! 수업시간이 끝나가는군요. 오늘은 일단 여기까지 하고요, 경제학의 두 조류에 대한 이야기는 다음에 다시 하도록 하겠어요."

이렇게 말하며 최 교수는 석청강과 표동수를 바라보았다. 그리고는 살짝 웃어 보인 뒤 급한 발걸음으로 강의실을 나갔다. 석청강과 표동수는 서로를 바라보았다. 이때, 누군가 그들을 부르는 소리가 들려왔다.

"선배님들, 안녕하세요!"

그들에게 인사를 한 사람은 다름 아닌 강경희였다.

"아, 안녕하세요."

석청강과 표동수는 어색한 표정으로 강경희에게 답 인사를 하였다.

"저는 경제학과 3학년 강경희입니다. 지금 우리 학교 방송국 국장도 하고 있지요. 혹시 선배님들 이번에 복학하신 거라면 방송국원으로 들어오지 않을래요?"

명랑해 보이는 여자 후배의 뜻밖의 말에 석청강이 되물었다.

"왜 그런 이야기를 굳이 우리한테 하지요? 신입생을 뽑으면 될 텐데. 우리 같은 복학생보다는…."

그의 물음에 강경희가 잠깐 머뭇하다 입을 열었다.

"사실은 선배님, 솔직히 말씀드리면요. 저희 방송반에 문제가 좀 있어서요. 다름이 아니라 그동안 우리가 방송실로 쓰던 건물이 워낙 오래되어서 이제 리모델링을 해야 하는 상황이라 학교에서 다른 곳에 방송실을 임시로 만들어 주었거든요. 그런데 거기가 하필이면 옆에 유도부 동아리가 있는 곳이에요. 게다가 임시로 만든 곳이다 보니, 녹음할 때 계속 기합소리 같은 게 들어가게 되고요. 그래서 제가 국장으로서 유도부 동아리 회장을 만나 조금만 조용히 해달라는 이야기를 전했어요. 사회체육학과 권민철이라는 저보다 두 학번 정도 선배가 회장이더라고요. 그런데 그들도 처음에는 알겠다고 하면서 조심했으나 아무래도 시간이 갈수록 그런 게 잘 안 지켜지잖아요. 그러다 보니 서로 짜증이 쌓이고 점점 다투는 일이 많아지다가 지금은 두 동아리 간의 사이가 아주 안 좋아져 버렸어요. 그런데 아무래도 유도부 동아리는 체대 애들이 많고, 걔네들은 운동으로 대학에 오는 애들이다 보니까 힘 센 애들도 많고…. 결국 우리 방송국원들이 많이 위축되어 있어요. 심지어 며칠 전에는 1학년 신입생 한 명이 무섭다고 하면서 방송반을 탈퇴한 일도 있었죠. 그래서 사실은 뭔가 무게감이 느껴지는 선배님들 같은 분들이 우리 동아리에 들어오면 좀 도움이 될 것 같아서 부탁드리는 겁니다."

"아, 그러니까 경호원이 좀 필요하다?"

석청강이 이렇게 말하자 강경희는 고개를 숙이며,

"그, 그렇게까지 말씀하실 건 아니고요, 그래도 이런 문제를 해결해 주실 수 있는 든든한 선배들이 있으면 좋겠다는…"

갑자기 표동수가 끼어들며 시원스레 내지르듯 입을 열었다.

"아, 좋아요!"

그리고는 석청강을 바라보면서,

"형, 딱 우리 일인데? 하하하!"

"잠깐만, 동수야."

석청강은 한동안 생각하는 듯하더니 다시 입을 열었다.

"좋아요. 그럼 우리가 잠깐만 도와드리죠."

석청강의 말에 강경희는 활짝 웃으며,

"감사합니다, 선배님들!"

라고 말하며 90° 인사를 하였다.

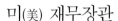

미(美) 재무장관

"그렇게 위기감이 팽배하던 때에 우리나라 경제 전망에 한 줄기 빛이 되어준 소식이 바로 한·미 통화스와프 체결이었지. 이것은 우리 경제에 산소마스크와 같은 역할을 했고 증시와 환율이 바로 안정세로 방향을 틀었어. 10월 29일 1,427원 하던 환율이 다음 날 바로 1,250원 수준으로 진정세를 보였고, 968포인트까지 떨어졌던 주가는 1,084포인트까지 하룻밤 새 무려 12%의 상승을 보였어. 뿐만 아니라 한·중 통화스와프, 한·일 통화스와프 등 당시 정부는 열 수 있는 모든 출구를 최대한 열기 위해 온 역량을 쏟았지."

"그렇다면, 그 이전 1997년에는 한·미 통화스와프라던가 하는 것은…"

강연수의 말이 끝나기도 전에 장정현 팀장이 다시 입을 열었다.

"미국산 쇠고기 O-157병원균 문제가 터졌을 때, 수많은 사람들이 광장으로 몰려나와 미국을 규탄했지. 당시 미국의 클린턴 대통령은 한국의 김영삼 대통령에게 부디 이 문제를 좀 원만하게 해결해달라는 식의 부탁하는 전화를 해야 했어. 미국에서도 농민들은 재벌이 아니니까 그들의 생산품이 반품되면 미국의 농부들은 큰 어려움을 겪게 된다는 거야."

장 팀장은 강연수와 막내를 번갈아 보면서 하던 이야기를 이어 나갔다.

"사실 O-157병원균이라는 것은 고기를 익혀 먹으면 거의 문제가 안 되는 거야. 미국처럼 스테이크를 먹을 때, 레어(rare)로 먹는다든가 하면 몰라도 우리나라는 불고기 문화잖아. 요즘이야 덜 익혀 먹는 것에 많이 유연해졌지만 그 당시에는 스테이크를 먹을 땐 거의 모든 사람들이 예외 없이 웰던(Well Done)을 외치던 때거든. 그래서 실제로 고기를 충분히 익혀 먹는 문화를 가진 나라들은 별로 문제 삼지 않고 그냥 지나갔던 것을 유독 우리나라에서만큼은 온 나라가 떠들썩해지는 해프닝이 벌어지게 되었지."

장 팀장은 마늘치킨 한 점과 맥주를 입안에 털어 넣었다.

"글쎄, 천둥벌거숭이라는 말 있지? 천둥 무서운 줄 모르고 비 오는 날 밖에 나가 정신없이 뛰어노는 벌거숭이들. 클린턴은 그로부터 한 달 뒤에 청와대에 또 한 번 전화를 하지. 이번에는 전혀 다른 이슈로 전화를 한 것이었어.

'당장 12월 첫째 주만 되어도 어쩌면 한국이 파산할 수도 있습니다. 신속한 조치가 단행되어야 할 것입니다.'

즉, 우리는 이제 곧 있으면 온 나라를 휩쓸게 될 진짜 위기에 대해서는 생각지도 못한 채 익혀 먹으면 별 문제 없는 소고기 병원균을 가지고 열심히 미국을 향해 돌팔매질을 해댔던 거지. 다시 말해, 미운털이 박힌 상황에서 '우리나라에 경제위기가 닥쳤으니 좀 도와주세요'라는 이야기는 꺼낼 수조차 없는 불리한 분위기를 스스로 만

들고 있었던 거야. 글쎄, 정말 뭔가 안되려고 그랬던 걸까? 사실은 그 이전에 또 하나의 기묘한 우연이 발생하지. 역시 우리나라에 불리한 그런 해프닝!"

장 팀장은 자기 앞의 맥주를 한 모금 더 마시며 목을 축인 뒤, 하던 말을 계속했다.

"미국에서 한 남자가 한국을 방문하지. 당시 재경원장관이나 차관을 만날 계획을 가지고 과천으로 온 것이었으나 그들은 모두 국회에 불려나갔거나 혹은 다른 회의에 들어가 있었어. 그러다 보니 그 남자는 담당 국장조차도 만나보지 못한 채, 혼자서 과천 정부청사 건물을 오르락내리락 하다가 증권 관련 과장 정도 되는 사람을 겨우 만난 본 뒤에야 발걸음을 돌려야 했어. 그는 세계 최대 증권사인 골드만 삭스(Goldman Sachs)의 회장 '로버트 루빈'이었어. 루빈으로서는 이런 대접이 처음이었을 거야. 그저 헛웃음만 나왔겠지. 뭐, 그러고는 일단 조용히 돌아갔지."

"그 일이 우리나라 경제위기와 무슨 상관이 있었나요?"

강연수의 물음에 장 팀장은 그녀를 물끄러미 바라보다가 이야기를 계속해나갔다.

"아까 내가 말했던, 우리나라 대통령을 압박하는 클린턴의 전화가 있었던 그날, 당시 신임부총리였던 임창열 부총리는 일본으로 급히 날아갔어. 1997년 당시 일본의 금융기관들이 한국으로부터 무려 150억 달러를 회수한 내역이 적혀있는 자료를 가지고서 말이야. 일본의 그런 급작스러운 자금 회수만 없었어도 우리가 외환위기를 겪지는 않아도 된다고 성토하면서 일본으로부터 급전을 꾸어 올 게

획이었지. 그렇게만 된다면 이것을 토대로 IMF를 상대로 조금이나마 유리한 협상을 할 수 있을 것이라는 기대를 가졌던 거야.

일본에 도착한 임 부총리는 미쓰즈카 대장상 집무실을 찾아 들어가 열심히 호소했어. 하지만 그는 곤란한 표정을 지으며 "미안하다"는 말과 함께 한 장의 편지를 보여주었지. 그 편지는 미국 재무장관으로부터 온 편지였어. 그 편지의 내용을 당시 재경원의 한 관계자로부터 전해들을 수 있었는데 말이야, 핵심만 요약하자면 '한국은 반강제적으로라도 구조조정을 시켜야 하므로 절대 한국을 도와주지 말기를 바랍니다'라는 오싹한 내용이었다고 하더라고. 그 편지를 읽은 임 부총리는 눈앞이 깜깜해졌지. 그런데 아까 내가 기묘한 우연이라고 말한 것은 바로 이것 때문이야.

그런 편지를 일본에 보낸 그 시절의 미 재무장관이 바로 로버트 루빈이거든."

강 대리는 자신도 모르게 '아!' 하는 안타까움이 묻어나는 신음을 내뱉었다. 막내 사원도 뜯어 먹고 있던 닭 다리를 든 채로 멈춰버렸다.

조촐한 회식이 끝나고 강연수는 자신의 아파트로 돌아왔다. 그곳에는 함께 살고 있는 그녀의 동생 강경희가 먼저 와 있었다. 현관으로 들어와 핸드백을 자기 방 침대로 휙 하니 던지며,

"일찍 왔네!"

라는 습관적인 인사를 건넸다. 이에 강경희는 뜻밖의 반가운 미소를 지으며,

"언니! 드디어 골치 아픈 문제가 해결될 거 같아."

"무슨 문제?"

강연수는 샤워를 하기 위해 옷을 훌러덩훌러덩 벗으면서 동생 강경희의 이야기를 건성으로 듣고 있었다.

"그 동아리 방 문제 있잖아. 유도부 애들 때문에 시끄러워서 방송에 차질 많았던 거. 그런데 우리 과에 어떤 선배들 두 명을 내가 부원으로 모집했거든. 그 선배들이 왠지 보디가드 역할을 잘 해줄 거 같아. 호호호!"

"아! 그 골치 아픈 유도부 애들 말이야? 선배들이 담판이라도 해주겠대?"

"뭐, 어떻게 할지 잘 모르겠지만, 아무튼 이 선배들만 있으면 일단 든든할 것 같은 느낌이야. 생긴 게 포스가 장난 아니거든. 심지어는 오늘 교수님도 수업시간에 '니네들 학생 맞냐?'고 물어볼 정도였다니까. 아무튼 뭔가 남다른 데가 있는 사람들이야."

강연수는 서서히 피로함과 취기가 함께 올라오는 것을 느꼈다.

"잘됐네, 언니는 샤워 좀 할게."

겨루기 한판!

　석청강과 표동수는 강경희와의 약속을 지키기 위해 방송반에 자주 들렀다. 처음에는 사납게 생긴 선배들을 보면서 방송국원들이 이 두 사람과 일정 거리를 두는 듯하였으나, 일주일 정도 지나며 점점 가까워진 이들은, 어제는 다 함께 늦게까지 술을 진탕 퍼마셨다. 대충 분위기 파악이 끝난 석청강은 방송실에 있는 철제 간이 의자에 앉아 강경희에게 말했다.

　"강 국장! 이제 뭐, 유도부 애들이 어느 정도 시끄러운 건지도 알겠고. 슬슬 이 문제를 해결할 때가 된 거 같은데."

　"아, 네네. 오빠는 어떻게 하실 생각이세요?"

　"그냥, 확 밀어 버리죠, 형님!"

　표동수가 예전의 그 습관대로 쉽게 말을 뱉었다. 석청강은 얼굴을 약간 찌푸리며 표동수를 보았다가 이내 강경희를 보면서,

　"내 생각은 말이야, 어차피 방송 시간은 정해져 있잖아. 아침 방송 30분, 점심 방송 30분, 저녁 방송 30분. 그 시간 동안만 유도부 훈련을 피해 달라고 하면 되는 거지. 어차피 유도부 애들 아침에는 운동 안 하고, 점심에는 하는 애들만 몇 명 하고, 학교 마치고 저녁

이 개네들 본격적인 운동시간인데 그때 30분 정도만 휴식을 하든, 운동시간을 늦추든 뭐, 그런 식으로 협조해 달라고 하는 수밖에 없을 것 같아. 대신 이쪽에서 뭔가 그에 대한 보상을…."

"네, 저도 그렇게 생각을 했었는데요, 도대체가 말이 안 통해서요. 게다가 별로 보상 같은 것도 어떻게 해야 할지 잘 모르겠고요. 심지어는 제가 동아리 지원비랑 제 용돈을 털어서라도 유도부 동아리 티셔츠를 한 50벌 정도 맞춰 주겠다고 해도 자기들을 거지로 아느냐면서 적반하장이더라고요."

이 말을 들은 석청강은 난감한 표정으로 한마디 내뱉었다.

"어쩌면 진짜 거지 근성으로 들러붙어 뭔가 더 빼먹으려는 배팅일 수도 있지."

그러고는 뭔가 생각하는 듯하더니,

"어차피, 건물 리모델링이 끝날 때까지는 여기서 같이 써야 하는 것 아냐? 유도부니까 거의 다 남자들만 있겠네?"

강경희는 씨익 웃으며,

"개네 동아리는 100% 남자예요. 여자가 없어요. 한번 여자가 하려고 들어갔는데 그 동아리 권민철 회장이 들어오지 말라고 했대요."

한쪽 벽에 기대어 있던 표동수가 말했다

"아무래도 그렇겠지. 유도라는 운동은 남녀가 같이 하기에는 모든 게 다 불편하니까. 동작들이 다 무슨 조르기, 누르기, 다리 걸어서 내동댕이치기 뭐 이런 거잖아?"

석청강이 다시 입을 열었다.

"유도 부원은 몇 명이지?"

"꽤 될걸요? 그래도 대략 꾸준히 나오는 회원들은 15명에서 20명 정도?"

"좋았어, 이제 유도부에 딜(Deal) 하러 가자!"

석청강이 자리에서 일어서자 표동수는 기다렸다는 듯 웃으며 따라나섰다.

"에? 선배님들! 둘이서 그렇게 유도부로 가시는 거예요?"

강경희는 어떻게 할까 약간 고민하다가 얼른 석청강과 표동수의 뒤를 따라나섰다.

점심시간이 막 지나가고 있던 그때 유도부에서는 몇 명이 내지르는 기합소리가 들려왔다. 오후 운동은 자율임에도 광적으로 유도를 좋아하는 매니아들은 공강시간에 틈틈이 와서 훈련하는 듯했다. 석청강이 기세 좋게 문을 열고 들어갔다. 그 안에는 대략 10명 정도의 유도부원들이 있었다. 그중 한 명이 다가와 석청강에게 말을 걸었다.

"무슨 일로 오셨어요? 아무나 들어오면 안 되는데…"

"아! 난 옆에 방송국 동아리 부원인데 여기 회장 좀 만나려고…"

석청강의 반말이 꽤나 귀에 거슬렸던지 표정이 굳어지던 유도부원은 이내 도장 가장 안쪽에서 아령을 들고 있던 덩치 큰 사내를 불러왔다.

"내가 동아리 회장 권민철인데 누굽니까?"

그의 시원시원한 목소리 안에는 경상도 억양이 강하게 배어 있었다.

"어! 난 옆에 방송반 동아리에서 온 석청강이야. 반가워."

권민철은 황당하다는 듯 피식 웃으며,

"언제 봤다고 내한테 지금 반말입니꺼?"

라고 반문했다. 석청강은 신발을 벗고 도장 안으로 들어와 입을 열었다.

"아, 내가 너보다 나이가 좀 많아. 그건 그렇고 우리 서로 조용히 끝내자고. 우리 방송시간이 아침, 점심, 저녁으로 30분씩밖에 안 되거든. 그때만 훈련을 좀 자제해줘."

권민철은 어이가 없다는 표정을 지으며 소리높여 말했다.

"어이! 거 헛소리 그만하고 여기서 나가이소!"

권민철의 날 선 목소리가 들리자 멀리서 훈련에 집중하던 유도부원들이 하나둘씩 모여들기 시작했다. 다들 덩치가 만만치가 않았다. 이런 건장한 남자들 10명 정도에게 둘러싸이자 아무리 험난한 세계에서 잔뼈가 굵은 석청강도 약간은 긴장되기 시작했다.

"허허! 내가 공짜로 이런 말 하는 건 아니고, 여기 있는 니네들 내가 우리나라에서 제일 예쁜 애들로 소개팅시켜 줄게. 그럼 됐지? 허허허!"

"하하하! 거 무슨 헛소리를 아까부터 자꾸하고 그랍니꺼? 실성했어예?"

석청강의 뒤에 서 있던 표동수가 갖은 인상을 쓰면서,

"이 새끼가 죽고 싶나?"

라고 한마디 내뱉었다. 그러자 권민철과 다른 유도부원들 모두 날카로운 눈빛으로 표동수 쪽으로 고개를 돌렸다. 이때 다시 석청강이 입을 열었다.

"어허! 동수야. 그러지 마!"

표동수를 일단 진정시킨 석청강은 다시 권민철에게 이야기를 계속했다.

"방송할 때마다 니네들 기합소리가 녹음되는 바람에 방송에 차질이 생기는데 너희들은 무책임하게 나 몰라라 운동만 하면 끝난다는 건가? 형이 눈이 빠질 정도로 예쁜 애들 모아다가 소개팅시켜 줄 테니까 그걸로 합의 보고 방송반 방송시간에는 훈련을 좀 자제하는 걸로 하자고. 그리고 어차피 지금 리모델링 하고 있는 건물 공사 끝나면 방송반은 다시 그곳으로 갈 건데 그때까지만 서로 이해하면 되잖아. 안 그래?"

사실 석청강의 이야기는 꽤나 설득력이 있었다. 하지만 방금 전 표동수의 거친 말을 들은 유도부 회장 권민철은 이미 기분이 꽤 불쾌한 상태였다. 권민철은 석청강을 보면서 또박또박 말했다.

"저기요, 그러면 소개팅이니 뭐니 그딴 소리는 다 빼고 남자답게 해결하입시다. 여기 도장으로 와서 시합을 해 우리를 이기면 그쪽 이야기 들어 드릴게에."

"흠, 좋은 방법이지만, 우리는 유도를 못 하는데?"

석청강의 답변이 끝나자마자 권민철은 기다렸다는 듯,

"괜찮심니더. 주먹써도. 요새 그런 거 안 따지고 다 하지 않습니꺼!"

"허허허, 상당히 터프한 친구구먼. 좋아. 그러면 그렇게 하자고. 대신 주먹으로 얼굴은 치지 않도록 하지. 주먹은 가슴 아래와 낭심

위, 다시 말해 복부나 옆구리 정도만 칠 수 있도록 하자고. 막 싸우는 것은 곤란할 테니까."

석청강이 그렇게 말하자 권민철도 그 말에 동의하는 듯 고개를 끄덕였다.

석청강과 표동수는 아까부터 도장에 올라와 있었으나 강경희는 당황해 하며 차마 올라오지 못한 채 불안한 표정을 지으며 문 쪽에 서 있었다. 표동수가 석청강에게 말했다.

"형, 내가 할게."

"너가 하면 너무 시시하게 끝나지 않겠냐?"

석청강의 말에 표동수는 웃으며,

"크크크, 형이 하면 질 거 같아."

"뭐, 임마?"

시합은 권민철과 표동수가 하기로 하고 그들은 도장 중앙에 서로 마주 보고 섰다.

"뭐, 규칙은 간단합니다. 어느 한쪽이 항복을 외치거나, 울거나, 혹은 선이 그어진 사각형 밖으로 나가서 장외가 되거나 하면 지는 겁니다."

표동수는 간만에 몸을 푼다는 생각에 오히려 즐겁기까지 했다.

"어, 좋아! 어서 덤벼!"

표동수가 몸을 풀면서 말했다. 권민철은 표동수의 말이 끝나자마자 화가 난 들소처럼 돌진하며 표동수를 잡고서는 순식간에 엎어치기로 표동수를 넘겨버렸다. 표동수는 바닥으로 고꾸라졌다. '탕!' 하는 소리가 요란하게 도장을 울리자 유도부원들이 환호를 하였다. 강경희는 깜짝 놀라 두 눈을 그만 감아버렸다. 석청강은 아무 말도 하지 않은 채 가만히 바라보고 있었다. 바닥으로 고꾸라진 표동수는 이리저리 뒹구는 듯하다가 천천히 몸을 다시 일으켰다.

"음, 꽤 하는구먼. 허허허! 내가 이렇게 고꾸라져줬으니 이제 그만 하고 방송반 사정 좀 봐주지?"

의외로 여유로워 보이는 표동수의 모습에 권민철은 약이 오르는 듯 목소리를 높이며,

"무슨 소리!"

또다시 표동수의 옷깃을 잡고서는 그의 주특기 허벅다리걸기를 하면서 또 한 번 순식간에 표동수를 내던져 버렸다. '탕!' 하는 소리가 우렁차게 울렸고 유도부원들은 휘파람까지 불어대며 권민철을 성원했다. 표동수는 이번에도 느릿느릿 몸을 다시 일으켰다.

"허허허, 실력이 좀 있구먼. 내가 마지막으로 말할게. 두 번이나 나를 넘겼으니 이제 방송반 사정 좀⋯."

표동수의 말이 끝나기 전에 권민철이 다시 달려왔다. 유도 기술을 걸기 위하여 표동수의 옷깃을 잡으려는 찰나 표동수는 그것을 옆으로 살짝 피하면서 그의 오른 주먹으로 권민철의 아랫배를 힘껏 가격했다.

"헉!"

권민철은 순간 숨이 멎는 듯하였다. 그리고서는 배를 움켜쥔 채, 무릎을 꿇으며 바닥으로 주저않고 말았다. 석청강이 강경희 쪽을 돌아보며 말했다.

"강 국장, 방금 봤어? 저게 그 유명한 표동수의 강철 주먹이야. 누

구든지 거의 한 방에 보내지."

이렇게 말하며 장난스러운 미소를 지어 보였다. 하지만 강경희는 여전히 얼어붙어 있을 뿐이었다. 권민철은 타고난 스포츠맨이었다. 하지만 실전에서 갈고닦은 표동수의 강철 주먹은 한 차원 더 높은 수준의 무공이라고 보아야 할 것이다. 얼마간의 시간이 지나고서야 비로소 권민철은 입을 열 수 있었다.

"혀, 형님들 말씀대로 하겠심니더. 저도 남자인 만큼 약속은 지킴니더!"

이렇게 말하자 석청강이 웃으며,

"허허, 자네 마음에 드는구먼. 건물 리모델링 끝날 때까지만 협조 좀 해줘. 그리고 아까 말한 예쁜 애들과의 소개팅은 확실히 보장해줄게."

표동수는 주저앉아 있는 권민철에게 오른손을 내밀어 일으켜 세워주었다. 그러고서는,

"앞으로 친하게 지내자고!"

"네, 참말로 살다 살다 이런 주먹은 처음입니다, 형님. 그런데 무슨 과 선배님이십니꺼?"

권민철이 묻자 표동수는 슬쩍 웃으며,

"경제학과, 크크크."

라고 말했다.

석청강은 유도부원들과의 약속을 지키기 위해 3일 뒤 정말로 20명 정도 되는 여자들을 불러모아 학교 앞 삼겹살집에서 단체 소개팅을 시켜 주었다. 석청강과 가까이 지내온 논현동 룸살롱의 양 마

담을 통해 20명의 여성들을 불러모은 것이다. 그녀는 한때 사업적으로 어려움에 처했을 때 석청강이 뒤를 봐준 바 있었다. 그동안 젊음의 에너지를 오로지 운동으로만 달래왔던 몇몇 순수 청년들은 사랑게임에는 도가 트이다 못해 닳고 닳은 불여우들에게 우유 빛깔 그들의 동정을 기꺼이 갖다 바쳤다.

지령

'지잉, 지잉'

핸드폰의 진동음이 울리면서 오른쪽 허벅다리가 떨려왔다. 검은 양복을 입은 남자는 주머니 속에 손을 넣어 핸드폰을 꺼내 들고 귀에 갖다 댔다. 전화 속에서는 또 다른 한 남자의 음성이 들려왔다.

"미스터 큐(Mr. Q)! 여기는 상하이입니다."

"음, 무슨 일이지?"

"네, 지난번에 우리와 성문이파 간의 거래 자금 일부를 훔쳤던 인물을 찾아냈습니다."

'미스터 큐'라고 불린 이 남자는 자기도 모르게 양미간을 찌푸렸다. DSM컨스트럭션의 선박을 이용해 물건을 옮기며 그 운송료를 주고받는 과정에서 자금의 일부가 사라졌던 그 사건을 말하는 것이리라! 물론, 이 거래는 소규모의 작은 거래였으나 앞으로 점점 더 거래량을 늘려가려던 참이었다.

"어떻게 찾은 거야?"

"아! 제가 아는 만큼만 말씀드리자면 성문이파의 조직원이 자금을 훔쳐낸 것이라고 합니다. 왜, 우리 물건을 싣고 가는 선박 있지 않습니까? 거기에 있던 성문이파 조직원 같습니다. 운송이 잘 마무리되면 운반비로 주기 위해 가지고 있었던 우리 자금을 가져간 것이죠."

"비밀 금고에 넣어 두지 않아?"

"네, 맞습니다만, 그 비밀 금고는 성문이파 애들이 관리하지 않습니까. 그 선박이 걔네들 거니까요. 걔네 애들 중 누가 배신을 한다면 얼마든지 훔쳐 달아날 수도 있는 거지요. 사실, 성문이파가 그런 수준이라고는 생각지 못한 것이 불찰인 것 같습니다만…"

검은색 양복 사내의 얼굴은 더욱 굳어지고 있었다. 핸드폰에서의 목소리는 계속 들려오고 있었다.

"너무 심려치 마십시오. 미스터 큐! 사실은 훔친 녀석은 이미 처리했으니까요. 이름은 박만식! 그리고 그를 통해 배후도 캐냈습니다. 두 녀석인데 이들을 미스터 큐가 손봐 주시면 됩니다."

"어르신은 요즘 어떻게 지내시지?"

"네! 때때로 저녁노을을 바라보며 산책을 하곤 하십니다."

"알았다."

검은 양복의 사내는 짤막한 대답과 함께 통화를 마쳤다. 저녁노을, 이것은 이들이 사용하는 은어 중 하나였다. 그것은 상대의 목을 쳐서 핏빛으로 붉게 물들이라는 살벌한 의미를 내포하고 있었다. 잠시 후 남자의 핸드폰에는 두 장의 사진이 전송되어 왔다. 남자는 전송된 얼굴을 확인하면서 거리 속 넘쳐나는 사람들 사이로 숨어들어갔다.

필립스 곡선

"1945년 9월, 제2차 세계대전이 막을 내렸어요. 이때는 전에 말했듯 시장경제에 대한 철학은 사람들에게 별로 감흥을 주지 못했고 케인스의 이념을 중심으로 하는 논리가 한창 사랑받고 있던 때였어요. 이 무렵 영국에서는 총선이 벌어졌는데 전쟁의 승리에 혁혁한 공로가 있는 윈스턴 처칠의 보수당이 쉽게 승리할 것이라고 예측되었지만, 결과는 보수당의 충격적 패배였지요. 1930년대 대공황에 워낙에 뜨겁게 데인 적이 있던 사람들은 정부의 개입을 최소화해야 한다는 처칠의 주장을 외면하고 자유시장주의를 뛰어넘는 새로운 사회주의가 필요하다고 판단했던 거예요. 결국, 영국인들은 노동당을 선택해 버렸어요. 노동당 정권은 대형 산업을 국유화시키고 민간에는 소규모 사업만 할 수 있도록 정책 방향을 정했습니다. 더 이상 민간에서는 철도나 철강 그리고 석탄 산업 같은 것에 손을 댈 수조차 없게 되었지요. 주주의 회사가 아닌 국가의 회사가 된 겁니다. 경제학의 종주국이라고도 할 수 있는 영국이 이 정도 였으니 자유시장경제를 근간으로 하는 자본주의는 점점 위축되었고 '요람에서 무덤까지'라는 구호에서 잘 느껴지는 복지국가, 즉 새로운 사회주의

체제가 점점 세계로 뻗어 나갔지요. 이미 전 세계 1/3 정도가 사회주의를 선택했고 그 기세는 더 강해졌지요."

최경호 교수는 며칠 전에 미처 다 하지 못한 세계 경제의 흐름에 대한 이야기를 오늘 다시 꺼냈다. 복잡한 경제이론을 배우는 중간 중간에 나오는 이런 이야기는 수업을 듣는 학생들에게는 오아시스와 같은 청량감을 주었다. 게다가 최 교수 역시 시험 치고 나면 잊혀질 복잡한 이론보다는 경제라는 이름의 바다, 그 물결이 어디로 향하는지 느낄 수 있는 그런 감각을 키워주는 것이야말로 자신이 해야 할 진짜 의무라는 생각을 가지고 있었다.

"당시의 사회주의 계획경제라는 것은 하나의 과학이요, 경제위기를 피할 수 있는 훌륭한 대안이라는 인식이 광범위하게 퍼져 있었던 거죠."

최경호 교수는 잠시 학생들을 둘러본 뒤 계속 자신의 이야기를 이어 나갔다.

"이러한 흐름을 염려스럽게 바라보며 오히려 계획을 세우는 국가권력의 비대화가 더 큰 위험을 초래한다고 주장한 인물이 바로 '하이에크'였어요. 그는 그의 스승 '미제스'의 이념을 이어받아 자유시장경제에 대한 신념을 확고하게 가지고 있었던 인물입니다. 경제적 자유야말로 정치적 자유를 보장하는 필수 요소가 되므로 만약, 경제적 자유가 국가계획이라는 이름하에 점점 약화되어 버리면 비효율에 입각한 경제 쇠퇴는 물론 비대해진 힘을 가진 절대권력에 의해 정치적 자유까지 박탈당하는 전체주의 국가로 타락해 버린다고 주장했어요. 실제로 소련이 구축한 '철의 장막'을 보며 일부 지식인들 사이에서는 자유시장경제가 없는 민주주의는 불가능하다는 그의 주장에 공감하기도 했지요. 하지만 대다수의 사람들은 아까 말했듯 경제를 계획하여 위기를 미연에 방지하고 나아가 한 사람의 일생을 요람에서 무덤까지 국가가 책임지는 그런 시스템을 구축해야 한다는 발상에 더 큰 지지를 보냈어요. 이런 분위기 속에서 외로이 자유시장경제의 깃발을 들었던 하이에크는 사회주의자들로부터 배워야 할 점을 굳이 찾자면 한 가지밖에 없는데 그것은 바로 그들의 이상을 반드시 실현하려고 드는 바로 그런 실천력이라고 했지요.

자신의 생각을 관철시키기 위해서는 반드시 행동이 필요한 거죠. 생각만으로는 변하는 것이 아무것도 없으니까. 하지만 별 생각 없이 행동부터 하는 건 더 위험한 것이죠."

최 교수는 잠깐 말을 멈추었다가 다시 입을 열었다.

"걸출한 경제학자의 이데올로기가 경제 흐름의 방향성을 바꾸는 것인지 아니면 경제 흐름의 방향성이 특정인의 이데올로기를 조명하게 만드는 것인지… 분명한 것은 걸출한 경제 이념가들의 아이디어가 서로 충돌하며 상호작용하는 지점을 잘 주시하는 것은 자신이 살고 있는 현시대를 이해하는 좋은 신호등이 된다는 겁니다. 『죽은 경제학자의 살아있는 아이디어』라는 책이 한때 베스트셀러가 된 적도 있지요? 즉, 여전히 살아있는 그들의 아이디어와 그것에 대한 대중들의 평가 그리고 선택, 이것들을 주목한다면 국가의 미래가 어떠한 방향으로 흘러가겠다고 판단하는 데 많은 도움이 되지요. 그래서 경제이념에 대해 주목하는 것이 현시대를 이해하는 데 매우 중요한 겁니다."

사실 지금 이 말은 최 교수 자신도 유학 시절에 누군가에게서 들었던 가르침이었다. 최 교수는 자신에게 지대한 영향을 미쳤던 그 인물을 잠깐 떠올리며 눈을 잠시 감았다가 다시 학생들을 둘러보며 강의를 이어 나갔다.

"가격을 통제하거나 혹은 어떤 계획을 너무 강하게 밀어붙이는 곳에서는 항상 암시장이라는 것이 생겨납니다. 정상적인 루트를 피해 은밀하고 어두운 곳으로 숨어 들어가 자신들만의 교환수단을 이용하여 필요한 물건을 사고팔게 되지요. 왜냐하면 인간의 계획이란 완벽할 수 없으니까요. 그러니까 암시장이라는 단어도 존재하는 것일 테지요."

이번에도 이야기를 하느라 메말랐던 목을 시원하게 축여준 것은 그가 즐겨 마시는 바로 그 '옥수수 수염차'였다. 강의실 창문을 통해 들어오는 햇살에 비칠 때마다 선명히 드러나 보이는 날카로운 V라인의 턱, 나이보다 젊어 보이는 최 교수는 확실히 한때 꽃미남으로 불렸을 법한 여심공략형 얼굴을 가지고 있었다.

"어쨌거나 분명한 것은 1970년대 초, 오일쇼크로 인해 스태그플레이션[7] 현상이 나타날 때까지 아주 오랫동안 하이에크는 변방으로 밀려나야 했고, 케인스의 경제이념이 세계를 지배하는 주류 이데올로기[8]였지요. 미국의 케네디 대통령은 케인스의 아이디어에 기반한

---

7) 침체를 뜻하는 'Stagnation'과 물가상승을 의미하는 'Inflation'이 합쳐져 만들어진 말. 국민소득이 감소하는 경기 침체와 전반적인 물가 수준이 지속해서 상승하는 인플레이션이 동시에 발생하는 현상.
8) 대공황 이후부터 1차 오일쇼크가 발생할 때까지 약 40년간 케인스의 아이디어는 가장 보편적인 경제사상으로 자리매김하고 있었다.

경제정책을 제시했고 1960년대는 풍요로운 호황의 시대가 되었어요. 미국, 유럽, 일본 등 주요국가들의 경제가 모두 크게 성장했지요. 경제가 정부의 주도하에 더 좋은 성과를 낸다는 분위기 속에서 자유시장경제를 주장하는 이론은 점점 더 위축되었고, 그 이론의 대표자였던 하이에크는 대중은 물론 경제학자들 사이에서조차 그냥 특이한 사람 정도로 여겨질 뿐이었지요. 하이에크에 동조하던 몇몇 동료들도 슬슬 그들의 생각을 바꾸기 시작했답니다. 그 대표적 인물이 로빈스였는데 그는 총수요를 관리해야 한다는 케인스의 아이디어를 더 빨리 받아들이지 못한 것이 무척이나 후회스럽다고 하면서 과거 하이에크와 매우 유사한 논리로 저술했던 『대공황The Great Depression(1934)』이라는 책이 세상에서 하루빨리 잊혀지기를 바란다는 말까지 했습니다.

1969년 하이에크는 자신의 모국 오스트리아로 쓸쓸히 돌아갔는데 이때의 그는 심근경색 및 건강악화 그리고 항우울제에 의지하는 한 명의 상처투성이 노인에 지나지 않았지요.

인간이 정교한 기계를 다루듯이 경제를 핸들링하면서 영원히 호황이 이어질 것이라고 안심하던 그때, 스태그플레이션이라는 완전히 새로운 상황에 직면하게 됩니다. 1973~1974년 석유수출국기구(OPEC)가 유가를 무려 네 배로 인상한 거지요. 미국이 제4차 중동전쟁 때 이스라엘을 지원해준 것에 대한 보복조치였던 거죠.

과거 대공황 때 케인스는 정부가 의도적으로 일자리를 창출해야 경제가 살아난다는 주장을 펼쳤고 그 주장이 정책으로 구현된 것이 바로 루스벨트 대통령 당시의 뉴딜정책이었지요. 즉 지금까지는 일자리가 창출되면 고용이 증가하고 새롭게 고용된 사람들이 수요를 하게 되면서 수요가 증가하고 그 결과 상품의 가격이 상승하는 이런 메커니즘을 보여왔습니다. 하지만 오일쇼크로 인한 유가의 폭발적 상승은 사람들의 수요가 증가하여 물건값이 오르는 것이 아니라 유가의 상승으로 인해 생산비용이 증가하여 물건값이 대폭 오르는 현상을 보인 겁니다. 다시 말해 고용지표가 좋아져서 그 결과 인플레이션이 온 것이 아니라는 거지요. 오히려 그것과는 상관없이도 인플레이션이 가능한, 심지어는 사람들의 실업이 증가하는 불황 속에서도 상품가격이 상승하는 전혀 새로운 현상, 즉 불황 속의 인플레이션과 마주하게 된 겁니다. 이 완전히 새로운 상황은 지금껏 경제를 미세한 부분까지 조정할 수 있다는 생각을 근본부터 흔들어대기 시작했지요."

최 교수는 대형 강의실 벽면에 웅크리고 있는 드넓은 화이트보드 앞으로 가서 검은색 매직을 들었다. 그리고 칠판에 그래프를 그렸다.

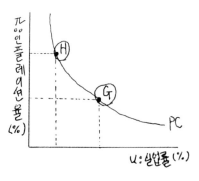

필립스 곡선

최경호 교수의 필체는 좀 악필이었다. 어쨌거나….

"자, 여러분. 지금 화이트보드에 그린 것이 바로 필립스 곡선이라는 거예요. 보면 잘 알겠지만, 가로축이 실업률, 세로축이 인플레이션율을 나타내고 그래프는 원점을 향해 볼록한 모양이죠. 그래프 위에 두 개의 점을 표시해 두었어요. 바로 G점과 H점. 즉, G점에서 H점으로 이동했다고 해봅시다. 이 뜻은 실업률이 줄어들면 다시 말해 고용이 증가[9]하면 인플레이션율도 함께 증가한다는 것을 의미하죠. 반대로 H점에서 G점으로 이동한다고 한다면 즉, 실업률이 늘어나면 그만큼 인플레이션율은 줄어든다는 것을 보여주죠. 영국의 경제학자 필립스가 1861~1957년의 시계열자료를 가지고 분석했을 때 인플레이션율과 실업률 사이[10]에 이러한 음의 관계가 있다는 것을 발견했지요. 이게 대체로 잘 들어맞았다는 거예요. 스태그플레이션 현상이 나타나기 전까지는."

최경호 교수는 화이트보드에 또 다른 그림을 그렸다.

최경호 교수의 필체는 타고난 것이기에 어쩔 수가 없었다. 아무튼….

"자, 여러분. 아까 내가 그렸던 필립스 곡선을 다시 그렸어요. 그런데 그림을 보면 알겠지만, 이번에는 필립스 곡선 자체가 PC1에서 PC2로 그래프 자체가 이동했음을 알 수 있죠. 그러다 보니 A점은

---

9) 만약, 실업률이 줄어든 이유가 실망실업자의 증가 때문이라면 실업률의 감소가 반드시 고용의 증가로 이어졌다고 말할 수는 없겠으나 대부분 실업의 감소는 고용의 증가 덕분에 이뤄지는 경우가 더 많다.

10) 원래는 임금상승률과 실업률 사이의 관계를 살펴보았으나 현재는 인플레이션율과 실업률 사이의 관계로 표시한다.

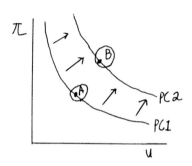

필립스 곡선의 이동

자연스레 B점으로 이동하게 되었고요. 즉, 실업률이 증가하는 동시에 인플레이션율이 함께 증가하는 스테그플레이션 상황을 필립스 곡선의 이동을 통해 이해할 수 있는 거지요."

최 교수는 화이트보드에서 고개를 돌려 학생들을 바라보았다. 그리고 그의 설명을 이어 갔다.

"아까 1970년대 석유 가격 및 원자재 가격의 상승이 스테그플레이션을 불러왔다고 이야기했는데, 그 주장은 케인스학파가 주로 주장하는 것입니다. 상당히 타당한 이야기지만 좀 만족스럽지 못한 느낌도 있어요. 예를 들면 제2차 석유파동이 일어났던 1978~1979년 이후 1980년대에 석유와 국제원자재 가격이 하락했음에도 불구하고 경제가 이전 상태로 복귀하지 않더라는 겁니다. 즉, PC2로 이동했던 필립스 곡선이 PC1으로 다시 돌아오지 않는다는 말이죠. 케인지언이 완전히 설명해내지 못하는 이 부분을 설명하는 또 다른 주장이 있어요. 즉, PC1에서 PC2로 필립스 곡선 자체가 이동하게 된데에는 단순히 유가 및 원자재 가격 상승에 의한 비용상승 효과 때문만은 아니고 계속되는 정부의 개입이 사람들의 인식 자체를 바꾸어 놓았다는 겁니다. 즉, 우리는 누구나 인생을 살면서 자연스레 경제 활동을 하고 경제 활동을 하다 보면 물가상승 정도에 대한 자기 나름의 예상치를 가지고 있습니다. 이것을 예상인플레이션이라고 하자고요. 즉, 평소에 자신만의 예상인플레이션을 별다른 의심을 하지 않고 고정불변으로 정해놓고 있겠지요. 그런데 정부가 경제에 계속 개입을 한다면, 예를 들어 뉴딜정책 같은 걸 오랫동안 지속시켰을 때, 그 나라의 국민은 자연스럽게 그들이 생각했던 예상인플레이션의 크기를 더욱 확대시킬 것이죠. 그러면 그 나라의 필립스 곡선은 PC1에서 PC2로 상방 이동하게 될 것입니다. 즉, PC2는 그 나라 국민들이 새롭게 재인식한 필립스 곡선이 되는 겁니다. 새롭게 인식된 필립스 곡선은 유가가 하락했다고 해서 쉽게 PC1으로 복귀하지 않는다는 거지요.

가령, 필립스 곡선이 내가 처음 화이트보드에 그렸듯이 이동하지 않는 불변의 그래프라고 한다면 이 그래프를 가지고 정부가 물가와 고용을 적절히 조정하는 그런 컨트롤이 가능하겠지만, 두 번째 그림처럼 사람들의 인식이 변화해서 필립스 곡선 자체가 이동해 버리면 정부의 예측은 빗나가게 되므로 이런 경우 정부개입은 오히려 경제에 혼란만 야기시키지요."

최 교수는 교탁 위에 있던 음료수를 다시 한 모금 마시고서 이야기를 이어 가려고 했다.

"자, 그리고 다음 얘기는⋯."

그때 누군가 강의실 문을 박차고 들어오면서 큰 소리로 외쳤다.

"무슨 헛소리들이야?!"

깜짝 놀란 학생들은 일제히 문 쪽을 바라보았는데 그곳에는 검은 양복을 맞춰 입은 수십 명의 이방인들이 험악한 얼굴을 한 채 강의실 안으로 들어오고 있었다. 이것은 명백히 선전포고 없는 침략행위였다.

과거 중동에서 어느 날

"아쌈, 아쌈!"

검은 피부의 한 사내가 뜨거운 햇살 아래 두 눈을 이리저리 돌리며 한 소년을 찾고 있었다. 사막 위에 세워진 천막 텐트 안에서 10대의 앳된 소년이 무거운 소총을 어깨에 둘러멘 채 검은 피부의 사내를 향해 달려 나오고 있었다.

"저 여기 있어요."

"아쌈, 벌써 교대시간이 지났잖아. 대낮이라고 해서 경계근무를 소홀히 하면 안 돼!"

"죄송해요. 너무 더워서 저도 모르게 깜빡 잠이 들었나 봐요."

"이게, 다 제국주의자들 특히 사탄의 자식들인 미국놈들 때문이야! 지하드[11]는 결국 알라의 보호 아래 우리의 승리로 돌아가게 되어 있어. 그때까지 좀 힘들더라도 이 거룩한 승리의 행진을 계속해야 하는 거야!"

---

11) 지하드는 원래나 신앙을 위해 벌이는 투쟁을 의미하게 되어 종종 '성전'으로 번역된다. 〈출처: 다음(Daum) 백과사전〉

"네, 탈랄 아저씨! 그런데 왜 우리는 미국과는 잘 지낼 수 없는 거죠?"

"아쌈! 무슨 소리 하는 거야. 그들은 사탄의 아들들이야. 그들은 예전에는 신의 명령이라고 하면서 우리들에게 무기를 들이댔고 현대에는 근대화라고 하면서 우리를 그들의 노예로 만들어 버리지. 더러운 놈들. 우리가 모를 줄 알고?

하지만 그들은 우리 중에서 진정한 칼리프[12]가 나오는 것을 내심 두려워하지. 진정한 칼리프가 나와서 이슬람 문화권의 모든 세력을 결집시킨다면 우리는 전세계의 가장 강력한 힘을 가지게 될 거야.

크리스트교는 개종을 통하여 교세를 넓히지만 우리는 개종뿐만 아니라 출산이라는 또 하나의 수단이 있지. 일부다처라는 효과적인 방법을 통해 우리의 교세를 확장시켜 나가는 거야. 결국은 마호메트가 승리하는 거야. 실제로 지금의 추세로 보면 크리스트교의 신자는 점점 줄어들어 훗날 2025년에는 세계인구의 25% 정도밖에 안 되지만 우리 이슬람교도의 증가율은 2025년에 세계인구의 30%까지 증가할 것이라는 예측이 있어. 그런 상황에서 진정한 칼리프가 나타난다면 우리는 사탄의 자식들을 도륙하고 길었던 지하드를 끝낼 수 있는 거지. 게다가 아쌈. 아직 너는 어려서 잘 모르겠지만 아주 흥미로운 계획이 하나 준비되고 있지. 그 남자야말로 진정한 우리의 칼리프가 될 자격이 있는 남자야. 물론 만약 그가 실패한다고

---

12) 이슬람 제국 주권자의 칭호로서 예언자 무함마드의 뒤를 이어 이슬람 교리의 순수성을 유지하고, 종교를 수호하며, 이슬람 공동체를 통치하는 모든 일을 관장한다. 〈출처: 천재학습백과〉

해도 상관없어. 어쨌거나 우리의 의지는 계속될 것이고 언젠가 이슬
람 문화권을 통합하는 지도자, 진정한 칼리프가 나타나는 그 순간
우리는 결국 전쟁에서 승리하게 될 테니까 말이야. 하하하하!"

　아쌈에게 들려오는 탈랄의 웃음소리는 어딘지 오싹한 느낌이 있
었다. 아직 어린 소년이었던 아쌈은 그저 자신보다 나이가 많은 사
람의 이야기를 열심히 듣는 것밖에 다른 생각은 할 수 없었다.

장 팀장의 브리핑

장정현 팀장은 회사를 방문한 대학교 투자 동아리 학생들에게 친절한 설명을 해주고 있었다. 이 동아리의 회장이 장정현 팀장이 다니는 신비증권 사장 아들이었으므로 장 팀장은 다른 어느 때보다도 열심히 정성을 다해 그들을 응대하고 있었다.

"자, 지금까지 이야기한 것들이 잘 이해가 가나요? 그러니까 내가 방금 말한 선물이라는 것은 매수·매도포지션도 가능하고 매도·매수포지션도 가능하므로 현물보다 유리한 점이 있지요. 즉, 쌀 때 사서 비싸게 팔거나, 비쌀 때 먼저 팔고 쌀 때 사는 방법 두 가지가 다 가능하다는 거예요. 그러므로 선물은 방향성 예측이 핵심입니다. 주가의 흐름이 오를 것인지 내릴 것인지 그 방향성만 맞춘다면 수익을 낼 수 있다는 거죠."

이때, 한 학생이 손을 들고 물었다.

"그럼, 주가의 예측은 어떻게 해야 하나요?"

"아! 좋은 질문이에요. 우선, 가장 먼저 해야 할 것은 GDP 성장률을 봐야 합니다. 경제학 시간에 GDP갭에 대해 배운 적 있지요?

'GDP갭=GDP 성장률-GDP잠재성장률'이라고 배웠을 거예요. 잠재성장률이라는 것은 말 그대로 그 나라가 가지고 있는 잠재력이라고 봐야겠죠? 이를테면 4% 정도라고 가정하자고요. 그런데 실제 성장률을 봤더니 3%밖에 못했다고 한다면 '3-4=-1'로서 GDP갭이 마이너스가 되는데 이런 경우는 경제가 불황 또는 침체 국면이라고 하지요. 반대로 플러스가 된다면 경제는 호황 혹은 회복 국면이라고 하고요. 상식적으로, 경제가 침체하면 주가가 하락할 것이고 호황이라면 주가가 상승하겠죠?

그런데 만약 전년도 성장률이 매우 좋았을 경우 금년도 예상성장률이 다소 떨어질 때도 있어요. 이런 경우는 꼭 경제가 나빠졌다고 해석하기보다는 전년도의 이례적 상승에 대한 반작용으로 금년도는 수치가 낮게 나왔을 수 있다는 것을 감안해야 합니다.

최근에는 중국의 GDP가 1% 상승 혹은 하락 함에 따라서 우리나라의 GDP도 0.2~0.3% 정도 증감하는 모양새를 보인다고 해요.

다음으로, 물가를 봐야 합니다. GDP 성장률이 높은 상황에서의 적당한 인플레이션은 경제가 활기를 띤다는 증거니까 좋은 일이죠. 하지만 GDP 성장률이 높아도 물가가 지나치게 높아진다거나 혹은 GDP 성장률이 낮으면서 물가가 높아지는 경우는 주가에 악영향을 미칩니다. 뭐, 쉽게 말해 물가가 적당히 인플레이션을 보인다면 그것은 바람직하지만 물가가 너무 오르거나 혹은 디플레이션 양상을 보이며 떨어지는 경우 주가에는 악영향을 끼치게 되지요."

여기까지 이야기하던 장 팀장은 잠시 견학 온 학생들을 둘러본 뒤 다시 말을 이었다.

"쉽게 말하려고 애쓰고 있는데 잘 이해가 되는지 모르겠어요."

장 팀장의 이 말에 학생들은 웃으며 고개를 끄덕였다. 대학생 십여 명이 온다는 이야기를 처음 들었을 때 장 팀장은 별로 긴장할 일은 없을 거라고 생각했지만, 막상 브리핑 룸에서 학생들을 앉혀 놓고 이야기를 하려니 은근히 심리적 부담이 느껴지기도 했다. 물론 견학을 온 학생들 중 사장의 아들이 있기 때문일 수도 있다. 하지만 그보다는 한 여학생이 장 팀장의 이상형과 매우 닮았는데 이것이 그로 하여금 무언가 그녀를 의식하도록 만들었던 것이다. 이럴 때 마누라는 뒷전이다. 가장 마지막… 아무튼 장 팀장은 그녀의 미소에 보답하듯 힘차게 브리핑을 이어 나갔다.

"요즘 미국의 금리 인상에 대한 이야기가 자주 나오지요? 즉, 금리 인상은 거의 주가의 하락으로 직결됩니다. 서로 반비례하지요. 뭐, 당연하겠죠? 금리가 높다는 것은 아무래도 투자를 줄이게 만들 테니까. 이자 때문에 대출금 땡겨 쓰기가 부담스러울 테니까… 하하!

그리고 환율도 생각할 필요가 있어요. 이를테면 환율이 오른다는 건 우리나라 돈 가치가 하락한다는 거고, 환율이 내려간다는 건 우리나라 돈 가치가 올라간다는 거죠! 예를 들어, 외국인이 1달러를 우리나라에 들고 오면 1,000원으로 바꿔줬는데, 시간이 흘러 다른 외국인이 1달러를 가져왔더니 900원으로밖에 안 바꿔주기로 했다면 그동안 달러가치는 하락하고 우리나라 돈 가치는 올라간 것이 되지요. 이 경우, 환율은 하락, 우리나라 돈 가치는 상승이지요. 또 시간이 흘러 어떤 외국인이 1달러를 우리나라에 가져왔는데 이제는 그것을 1,200원으로 바꿔준다면 그만큼 달러가치가 증가하고 우리나라 원화가치가 하락한 것이 되겠지요. 즉, 환율은 상승, 우리나라 돈 가치는 하락이지요.

자, 그러면 어떤 외국인이 우리나라 환율이 1달러당 1,200원인 시절에 1달러를 가져와서 우리나라 돈으로 환전을 한 뒤 우리나라 주식을 샀다고 합시다. 그런데 공교롭게도 우리나라 주식이 전혀 변화가 없어서 그 주식을 다시 1,200원에 팔고 그것을 달러로 바꾸어 자기 나라로 돌아가려 했지요. 그런데 이때는 환율이 1달러당 900원으로 책정되어 있어서 그 외국인은 약 1.3달러로 환전받을 수 있었어요. 다시 말해, 환차익을 얻은 것이지요. 여기서 알게 된 사실. 우리나라 원화가치의 상승이 예상된다면 우리나라 주가는 오를 확률이 높다는 것을 유추할 수 있지요. 왜냐면, 환차익을 노린 외국인 투자자가 우리나라 주식시장으로 몰려들 테니까요. 주식도 오르고 환차익까지 얻는다면 그들은 일거양득이겠죠?"

장 팀장은 유리잔에 담긴 물을 한 모금 마신 뒤 이야기를 덧붙였다.

"지금까지 말한 부분은 항상 살펴보는 것이 좋고요, 그 밖에도 자기 나름의 기준이 되는 지표나 흐름을 활용한다면 더욱 좋겠죠. 뭐, 법칙이라고 할 수는 없겠지만 대략 봤을 때 새로운 대통령이 취임하고 중반까지는 상승세를 보이다가 집권 후반으로 갈수록 하락하는 그런 패턴을 보이는 경향도 좀 있죠.

아참, 그리고 여러분들에게 한 가지 더 이야기할 것이 있군요. 바로 헤지거래입니다. 헤지거래는 현물투자의 위험을 줄이기 위하여 선물이나 옵션을 이용하는 것을 말하지요. 아까 말했듯이 선물은 투자의 방향이 자유롭잖아요? 그런 장점을 이용하여 현물투자의 위험을 상쇄시킬 수 있지요. 방법은 간단해요. 어떤 사람이 KOSPI200에 해당하는 블루칩 종목을 많이 보유하고 있다고 합시다. 그런데 아무리 봐도 당분간은 주식이 하락할 것 같다는 생각이 들 때 그 주식들을 성급히 팔기보다는 선물을 활용하는 겁니다. 즉, 선물의 매도·매수포지션을 취하는 거지요. 즉, 선물을 먼저 팔았다가 주가가 하락해서 선물 가격이 싸졌을 때 선물을 사게 된다면 선물지수가 내려간 것만큼 이익을 얻는 거잖아요? 즉, 현물 가격이 하락해서 평가손실나는 부분을 선물의 이익으로 상쇄시킬 수 있다는 거죠. 게다가 현물의 평가손실 역시 말 그대로 평가손실일 뿐 아직 실제로 판 것이 아니므로 다시 주가가 오르면 현물에서도 수익을 올릴 기회가 있다는 겁니다.

예를 들어 지금 선물지수가 200포인트라고 합시다. 그런데 선물은 1포인트에 50만 원이니까, 200포인트는 1억 원이 되겠죠? 여기서 여러분은 KOSPI200종목을 다양하게 구성하여 1억 원 정도 가지고 있었다고 해요. 그러면 선물 1계약 매도를 통해서 충분히 헤지가 가능하죠. 그 크기가 1억 원과 1억 원으로 엇비슷하니까. 만약 주가가 급락해도 선물 1계약을 매도해 두었다면 별로 걱정할 일이 없다는 거죠. 현물에서 평가손실 나는 만큼 선물에서는 이득이 발생하고 있으니까요. 그리고 주가라는 것은 오르락내리락 하잖아요? 충분히 주가가 내렸을 때 선물을 매수하여 정리한 뒤 주가가 다시 오르면서 현물의 평가손실을 만회하고, 나아가 더 오르기까지 한다면 현물과 선물 양쪽에서 수익을 내게 되는 거지요."

장정현 팀장이 여기까지 얘기했을 때 갑자기 강연수 대리가 브리

펑실 문을 급히 열고 뛰어들어 왔다. 그녀는 숨이 턱까지 차올라 있었다.

"헉, 헉, 티, 팀장님!"

장 팀장은 놀란 표정으로 물었다.

"왜 그래? 강 대리, 침착하게…."

"저, 잠깐 나갔다 올게요."

"뭐, 왜 그래? 무슨 일인데?"

"동생에게 무슨 일이 일어난 거 같아요."

이렇게 말한 강연수는 장 팀장에게 동생으로부터 그녀의 스마트폰에 전송된 영상을 보여주었다. 그 영상 안에서는 학생처럼 보이는 사람들과 검은 양복을 입은 무리들이 서로 뒤엉켜 난장판을 벌이고 있었다. 그 영상과 함께 전송된 동생의 메시지 내용은 '언니, 무서워…'였다.

장정현 팀장은 난감한 표정을 지으며 강연수에게 말했다.

"이런! 오늘은 정말 이상하네. 막내 사원은 갑자기 무단결근을 하질 않나. 강 대리는 급한 일이 생기지 않나. 어쨌거나 얼른 동생에게 가 봐. 일이 수습되면 다시 회사로 돌아오고! 여기 일은 내가 알아서 처리해줄게."

"감사합니다, 팀장님. 감사합니다!"

강연수는 허리를 굽히며 인사를 했다. 그리고는 얼른 뛰쳐나와 동생이 다니고 있는 한국대학교로 향했다.

페트병

　지금 강의실은 그야말로 난장판이었다. 검은 양복의 사나이들이 강의실을 헤집고 다니며 석청강과 표동수를 찾고 있었다. 그래도 대형 강의실이라 조금은 도망다닐 여지가 있는 것이 그나마 다행이라면 다행이었다.

　"저기 있다! 배신자 놈들!"

　한 사내가 석청강과 표동수를 향해 달려들었다. 석청강과 표동수는 재빨리 몸을 피해 그 남자를 피했지만, 뒤에는 또 다른 조직원이 이미 그들을 노리고 있었다.

　"이 새끼들이!"

　표동수는 앞에서 자신을 노리며 달려오는 남자의 얼굴을 주먹으로 가격하고서 몸을 빙글 돌리며 반동을 이용한 발차기로 또다른 사내를 후려쳤고, 그 발에 땅이 닿는 동시에 왼쪽 팔꿈치를 이용해 달려드는 또 한명의 건장한 남자를 후려갈겼다.

　"성문이 녀석! 의식을 차렸나? 똘마니들을 많이도 보냈구먼!"

　석청강은 이리저리 몸을 피하며 잘 달아나고 있었다. 하지만 너무도 많은 성문이파 조직원들로 인해 더 이상 도망다니는 것도 불가능한 상황이었다. 지금 강의실 안은 혼돈의 도가니였다. 겁에 질린 학생들은 눈앞에 벌어지고 있는 조폭들의 싸움질에 몸이 굳어 손가락 하나 까딱하기도 쉽지 않았다. 석청강과 표동수는 있는 힘을 다해 싸움을 계속했다. 하지만 이미 중과부적, 수적으로 이기기가 불가능한 싸움이었다. 이런 난장판 속에서 유유히 걸어오는 한 남자가 있었는데 그의 몸은 다른 사람의 두세 배쯤 되어 보이는 건장한 모양새였고 팔뚝에 붙은 근육은 오랜 기간 운동으로 다져진 몸이라는 것을 잘 말해주고 있었다.

"여, 석청강, 표동수 오랜만!"

한참을 싸우느라 정신없는 석청강과 표동수는 고개를 돌려보았다. 그리고 둘은 동시에 외쳤다.

"흑곰!"

"허허, 뒤에 형님이 빠졌다. 버릇없는 것들아! 조직을 배신하니까 눈에 뵈는 게 없나 보지?"

석청강은 속으로 생각했다.

'흑곰까지 와 버리면 너무 힘든데. 두성문 녀석이 사활을 걸고 나와 동수를 죽이려 드는구먼!'

석청강은 동수를 바라보며 외쳤다.

"동수야! 여기서는 안 되겠다. 일단 여기를 벗어나자!"

"알았어!"

표동수는 자신을 노려오는 수많은 공격들을 이리저리, 요리조리 피해가며 몸을 날려 강의실 창문을 깨고 건물 복도로 나갔다. 때는 이때라고 생각한 석청강이 바로 뒤따라 몸을 날려 따라 나왔다. 하지만 밖에도 수십 명의 사내들이 바글거리고 있었다.

"위로 도망쳐!"

석청강은 동수를 향해 외쳤고 둘은 정신없이 계단을 뛰어올랐다. 바로 그때 앙칼진 웃음소리와 함께 검은색 가죽바지, 가죽점퍼를 입은 다소 부담스러운 포스를 내뿜는 여인이 나타나 서커스에서 맹수들을 사육할 때나 사용할 법한 두꺼운 채찍을 휘두르고 있었다.

"이런 제길! 채나리!"

"호호호! 석청강, 이 누나를 기억하고 있구나!"

"건방진 년! 나보다 3살이나 어린 년이 어디서 쌩구라를 쳐 날리고 지랄이야!"

"뭐야? 배신자에게 나이 따윈 필요 없다! 문답무용!"

이렇게 말한 채나리는 오른손에 든 맹수조련용 채찍을 마구 휘둘렀다. 석청강과 표동수는 도무지 한 발자국도 앞으로 나아갈 수 없었다.

"형! 안 되겠어. 뒤에는 흑곰이 쫓아올 텐데!"

표동수의 외침에 석청강도 마음이 초조해져 뒤를 보았다. 그런데 뜻밖의 광경이 펼쳐지고 있었다. 그곳에는 주장 권민철을 필두로 한 유도부원들이 어느새 몰려와 필사적으로 흑곰과 그의 부하들을 막아내고 있었다.

"청강 형님, 동수 형님! 여기는 마, 신경 끄고 어서 가이소!"

"권민철!"

석청강과 표동수는 권민철의 의리에 깊은 감동을 받았다. 이때 그 둘의 눈에 흑곰이 뒤에서 권민철을 가격하려는 동작이 비쳤다.

"민철아! 뒤에!"

하지만 흑곰의 거대한 오른팔은 이미 그의 체중을 실어 풀스윙을 하며 꽉 말아진 주먹을 싣고서 권민철을 향해 거침없이 나아가고 있었다. 권민철은 사뿐히 몸을 돌리며 흑곰의 오른손 팔목을 자신의 왼손으로 말아쥔 뒤, 오른팔 이두박근을 흑곰의 오른팔 겨드랑이에 갖다 붙이고서, 강한 회전과 함께 상체를 90° 직각으로 숙이며 흑곰의 운동에너지를 역이용하여 짐승 같은 거구의 몸을 속 시원한 엎어치기로 바닥에 내동댕이쳐 버렸다.

"오! 권민철 쌍!"

석청강과 표동수는 권민철의 활약을 보면서 2002년 한일 월드컵 때의 붉은 악마를 연상케 하는 열정적 환호를 보냈다.

"어디서 한눈을 팔아!"

날카로운 채나리의 목소리와 함께 그녀의 채찍이 표동수의 목을 휘감았다.

"컥!"

금방이라도 숨이 넘어갈 듯한 고통을 느끼는 표동수의 표정을 보며 석청강은 온 힘을 다해 채나리를 향해 계단을 밟으며 달려갔다. 그리고 사뿐하게 점프하여 계단 난간을 밟은 뒤 그곳에서 다시 한 번 뛰어올라 온몸을 날리며 채나리를 향한 드롭킥을 선보였다. 2단 점프라는 고난도 기술을 펼치며 날리는 회심의 드롭킥!

하지만 닿지 않았다. 채나리의 눈앞에서 간발의 차이로 멈춰 버린 석청강의 안타까운 드롭킥! 어느덧 석청강은 침대 축구를 선보일 때의 축구선수들처럼 바닥에 나자빠져 고통스러운 듯 몸을 좌우로 흔들고 있었다.

"호호호호! 멍청한…. 어머!"

채나리는 석청강의 우스꽝스러운 자유낙하를 보면서 크게 비웃었으나, 석청강은 사실 몸보다는 잔머리로 조폭 인생을 살아온 조폭계의 재간둥이였다. 그는 재빨리 몸을 옆으로 굴려 채나리의 두다리를 온몸으로 부딪혀 그녀의 균형을 뒤흔들었고, 채나리는 그만 철퍼덕 소리를 내며 바닥으로 자빠졌다.

"컥! 헥, 헥, 헥!"

큰 신음 소리를 낸 건 그동안 목이 졸리고 있던 표동수 쪽이었다.

"형, 땡큐!"

"허허, 이 정도야 뭐…."

표동수는 노기 띤 얼굴로 채나리를 향해 걸어가 유원지에서 흔히 볼 수 있는 펀치볼 오락기계의 신기록을 세우려는 기세로 한쪽 팔을 높이 들고 손가락을 꽉 쥐고서는 운석이 떨어지는 듯한 포스의 움직임이 시작되려는 찰나!

"꺅! 오빠, 잘못했어요, 제가 잘못했어요!"

표동수의 강철 주먹이 어느 정도의 임팩트를 가지는지 잘 아는 채나리는 주저앉은 채 본능적으로 머리를 꾸벅꾸벅 숙이며 잘못을 빌 뿐이었다. 그것이 지금 자신이 살 수 있는 유일한 방안임을 직감했던 것이다.

"동수야! 어서 가자!"

아직도 열댓 명의 성문이파 조직원들이 계단을 성큼성큼 올라오고 있었다. 석청강과 표동수는 한 층 더 올라가 옥상으로 향하는 문을 열고 밖으로 나왔다.

"형, 이제 어떡하지?"

"나도 생각 중이야. 도망치다 보니 어떻게 여기까지 오긴 했는데…"

뒤에서는 그들을 쫓아오는 소리가 들려왔다. 석청강과 표동수는 옥상 한복판까지 밀려났으나 더 이상 갈 곳을 찾지 못하고 있었다.

"이런, 젠장! 둘이서 처리하기에는 상대가 너무 많아! 동수, 얼마나 버틸 거 같아?"

"사실, 나도 많이 지쳤어! 오늘이 우리 제삿날이 될 거 같은데?"

이런 말과 함께 표동수는 석청강의 얼굴을 보면서 쓴웃음을 지었다.

검은 양복의 사내들이 두 명의 먹잇감을 반원을 그리며 둘러싸고 있었다. 그때, 그 무리들 중에서 번들거리는 머릿기름을 이용하여 정교한 올백 머리를 한 남자가 히죽히죽 웃으며 앞으로 걸어 나왔다.

"어어! 석청강, 표동수, 잘 있었니?"

석청강과 표동수는 그를 보자마자 동시에 외쳤다.

"설온도!"

"허허허! 그래, 나야, 나! 온도! 노렸던 먹이는 절대 놓치지 않는 고독한 사냥꾼, 나 설온도가 여기 있다 이 말씀이야!"

'쳇! 성문이 놈이 아주 끝장을 내려고 하는구먼!'

석청강은 속으로 이런 생각을 하며 긴장된 표정으로 설온도를 바라보았다. 그런데 바로 그때, 저 멀리서 일단의 함성이 들리며 또 다른 무리가 옥상을 향해 달려오는 소리가 들렸다. 그것은 한국대학교 야구부, 검도부, 축구부 등등 한창 연습 중이던 운동 동아리 학생들이 저마다의 유니폼을 입고서 노기를 띤 채 옥상으로 향해오는 소리였다. 그들은 설온도와 그 부하들을 뒤에서 둘러쌌다. 이제 포위된 건 설온도 쪽이었다. 학생들 무리에서 누군가 외쳤다.

"선배님들! 우리가 도와주기 위해 왔습니다!"

뒤이어 다른 학생이 말했다.

"형님들 도와주면 완전 예쁜 애들이랑 소개팅시켜 주신다면서요? 우리도 해주세요, 헤헤!"

석청강과 표동수는 이들이 어떻게 이곳에 왔는지, 그저 어안이 벙벙할 따름이었다. 하지만 그것도 잠시, 살아날 희망이 보이면서 비로소 그들의 귀에 들려오는 소리가 있었다. 그것은 바로 방송반 국장 강경희의 외침이었다. 강경희는 강의실에 있던 사내들이 모두 석청강과 표동수를 쫓아갔던 찰나를 이용해 얼른 밖으로 나와 방송실로 온 뒤 학교 곳곳에 연결된 모든 스피커를 켜고서 큰 소리로 학생들에게 호소하고 있었던 것이다.

"학우 여러분! 지금 우리 학교 학생들이 괴한들에 의해 쫓기고 있습니다. 솔직히 이들은 어쩌면 우리가 흔히 말하는 폭력단의 조직원들일지도 모릅니다. 그래서 학우 여러분들에게 도와달라는 말도 쉽게 하지 못하겠습니다. 하지만… 하지만… 학교는 우리가 지켜야 하지 않겠습니까? 함께 공부하는 학우가 누군가에게 부당하게 쫓기는 입장이라면 우리가 나서서 그를 도와야 하지 않겠습니까? 지금 사태는 경제학과 A동 건물에서 벌어지고 있습니다. 부디 이 급박한 순간에 힘이 되어 주십시오. 저도 너무 경황이 없어 무언가 정리되지 않은 채 뒤죽박죽입니다. 어쨌거나, 이 방송을 듣는 한국대학교 학우 여러분! 학교와 학생은 우리 손으로 지켜냅시다! 그리고 이 방송을 듣고 있을 침략자들에게 경고합니다. 지금 당장 학교를 나가지 않는다면 저는 즉시 경찰에 신고할 것이라는 메시지를 분명히 전합니다. 어서 빨리 이곳을 나가도록 하십시오."

카랑카랑한 강경희의 목소리가 한국대학교 전체를 뒤덮고 있었다.

'아, 경희가 이들을 불러줬구나!'

석청강은 강경희의 용기가 무척 고마웠다. 하지만 이내 그의 마음에는 불안감이 뒤따랐다. 왜냐하면 성문이파 조직원들이 오래지 않아 이 학교의 방송실을 찾아낼 것이고 만약, 강경희가 도망치지 못한다면 그녀 역시 처참한 대가를 치를 것이 너무도 분명했기 때문이다.

"이런, 이런! 이제 곧 경찰들이 이곳에 닥치겠군!"

설온도가 주위를 둘러보며 말했다. 그리고 잠시 멈칫하더니 다시 말을 이어 나갔다.

"아무래도 우리의 이번 작전은 실패한 모양이야. 이봐! 거기 학생들!"

설온도는 자신과 부하들을 반원으로 둘러싼 학생들을 향해 외쳤다.

"우리의 패배를 인정하고 이곳에서 나가겠다. 너희들도 불만 없겠지? 어차피 우리는 프로야! 여기서 너희들이 덤벼봤자 더 큰 피해는 너희들이 감수해야 할 거야. 뭐, 쪽수로 밀어붙여 우리를 제압했다고 처도 상처뿐인 영광이지. 왜냐하면 그러는 동안 너희 친구들의 시체가 여기저기 굴러다니게 될 테니! 그러니 우리 신사적으로 끝내도록 하자. 나는 이곳에서 작전실패를 인정하고 물러나겠다. 그러니 길을 열어라!"

설온도가 의외로 쉽게 사태가 기울었음을 인정하자 학생들은 다소 안심하는 표정이었다. 그리고는 한 명, 두 명 옆으로 비켜 주면서 길을 열어 주었다. 이 모습을 보고 있던 석청강과 표동수도 일단은 안도의 한숨을 내쉬었다. 그러나 석청강의 마음 한구석에는 씻을 수 없는 불안감이 여전히 남아 있었다. 설온도와 그 일당들은 유유히 건물 통로로 향했다. 그리고는 이내 그 모습은 보이지 않게 되었다.

"형, 일단 살았어! 근데 경찰이 오게 되면 우리도 곤란하니까 자리를 떠야 하지 않을까?"

"어! 맞아."

석청강은 학생들을 향해 외쳤다.

"애들아! 오늘 일은 정말 고맙다. 애쁜 애들과의 소개팅은 걱정하지 말고 일단 여기서 내려가 각자 하던 일을 계속하도록 해!"

"예! 예! 소개팅은 꼭 해주셔야 해요, 형님들! 하하하!"

학생들은 그렇게 농을 던지며 한바탕 웃은 뒤 다시 통로 쪽으로 내려갔다. 이제 이곳에 남은 건 석청강과 표동수 뿐이었다. 그때, 석청강이 외마디 비명을 내질렀다.

"이런! 우리가 당했어!"

"뭐? 형! 그게 무슨 소리야?"

"설온도는 아마도 방송실로 향했을 거야! 이런, 제길! 그렇지. 그 녀석이 순순히 물러날 리가 없지! 동수야! 경희가 위험해! 어서 가자!"

"알았어!"

표동수는 석청강을 향해 고개를 끄덕이며 재빨리 발을 움직였다. 그때, 석청강이 내달리려는 표동수의 몸을 옆으로 밀어 버렸다. 표동수는 순간 몸의 균형이 흔들리며 두세 걸음 옆으로 밀려났고 그와 동시에 무언가가 '획' 소리를 내며 지나갔음을 느꼈다. 지나간 그 물체가 '쨍' 소리를 내며 바닥으로 떨어졌는데 그것은 단도였다.

"이, 이것은!"

표동수는 당황스러운 표정을 지었다.

"그래, 이 칼은…"

석청강은 다소 담담한 표정으로 앞을 보았다.

한 남자가 계단과 이어진 문 앞에 서 있었다. 날카로운 눈매와 턱선. 그는 비록 조그마한 체구였지만, 단단한 느낌이 마치 절대 깨어지지 않는 다이아몬드 같았다. 그는 한 손으로 작은 단도를 위아래로 가볍게 던졌다, 받았다 하면서 석청강과 표동수를 향해 음흉한 웃음을 지었다.

"지쳐있는 사냥감이라! 흥미가 떨어지는걸…"

단도를 든 남자는 천천히 입을 열었다.

"너희들, 이미 둔해져 있는 그 몸으로 내 칼을 피할 수 있을까? 나를 잘 알지? 칼잡이 공갈현!"

공갈현. 그가 던지는 칼은 화살같이 빠르고 계산기처럼 정확했다.

과거 타조직과의 싸움에서 누군가 던진 칼을 똑같이 칼로 막아낸 전설이 있는데 이것은 마치 걸프전에서 스커드 미사일을 요격한 패트리어트 미사일과 같다고 하여 지금도 공갈현의 단도는 조직원들 사이에서 패트나이프라고 불리고 있었다. 석청강과 표동수가 긴장하는 것도 무리는 아니었다. 컨디션이 좋을 때도 피하기가 쉽지 않은 그의 공격을 지친 몸으로 피해야 한다는 것은 만만찮은 일이었다. 그리고 그의 공격은 이미 시작되었다. 마구 던져대는 칼을 피해 석청강과 표동수는 서로 멀어지며 정신없는 피에로와 같은 춤을 우쭐우쭐 춰대고 있었다. 그러다 석청강이 이내 넘어져 버렸고 이를 놓칠 리 없는 공갈현은 또 하나의 단도를 그를 향해 던졌다. 날아오는 칼을 보며 이미 피하기는 늦었다고 느낀 석청강은 두 눈을 질끈 감았다. 그런데 바로 그때, 어디서 또 다른 무언가가 날아와 공갈현이 던진 칼과 부딪치며 바닥으로 떨어졌다. 공갈현의 칼이 박혀버린 그 물체는 내용물이 절반 정도 남아 있는 플라스틱 재질의 광동 옥수수 수염차 병이었다.

"허허허! 이건 마치 패트리어트 미사일 같군. 뭐, 날아오는 칼을 음료수병으로 막았으니까 페트병이라고 부를까?"

석청강과 표동수는 말소리가 들리는 쪽으로 고개를 돌렸다. 그리고 참으로 놀라지 않을 수 없었다.

"최, 최경호 교수님?"

과거 미국에서 어느 날 1

　침대에서 상체를 일으킨 금발의 여성은 그 옆 탁자에 놓아둔 담배를 꺼내 들고 불을 붙였다. 창밖의 하늘은 어두웠고 스탠드의 빛은 갓 태어난 아기 새의 지저귐처럼 희미하게 빛나고 있었다. 금발의 여성 옆에 있던 한 동양인 남자는 자기도 몸을 일으켜 그의 입술을 금발여인에게 가져갔다. 하지만 그녀는 그녀의 오른손 검지손가락을 그의 입술에 갖다 대면서 자신을 바라보는 그 남자의 눈을 향해 흰 담배 연기를 내뿜었다.

　"경호! 이제는 다시 공부를 해야지. 호호, 계속 사랑만 할 수는 없잖아?"

　"제이니, 그냥 사랑만 하면 안 돼?"

　"호호호!"

　제이니는 별다른 대답은 하지 않은 채 고개를 돌려 깊게 빨아들였던 새하얀 연기를 또 한 번 내뿜었다. 그리고 몸을 일으켜 탁자 쪽으로 걸어간 뒤, 그곳 재떨이에 재를 떨구며 둥그스름한 나무 의자에 걸터앉았다. 달빛 때문인지 은은한 스탠드의 조명 때문인지 희뿌연 빛이 부딪치고 있는 제이니의 몸은 한층 더 신비로운 느낌을 내뿜고 있었다.

"잘 들어, 경호. 지난번 경호에게 하던 이야기 이어서 해줄게."

아직 앳된 얼굴의 최경호는 잠자코 제이니의 이야기에 귀를 기울였다.

"그 당시 시장경제를 주장한 하이에크 교수는 점점 더 외톨이가 되어 갔어. 그렇게 시간은 흘러가고 있었지. 그러던 중 인류는 스태그플레이션이라고 하는 새로운 상황에 부딪히게 돼. 미국은 기나긴 경제호황을 끝내고 1970년대 초 새로운 유형의 경제위기와 맞닥뜨리며 어려움에 처하게 된 거야. 스태그플레이션은 경제를 미세조정할 수 있다는 사람들의 생각에 찬물을 끼얹은 셈이지. 조정을 하려들수록 오히려 악순환만 생겨났거든. 그럼에도 당시 대통령이었던 공화당 출신의 닉슨은 케인스의 방법론을 더욱 강화할 것을 주장했어."

제이니는 한 번 더 담배의 텁텁한 뜨거움을 입과 가슴으로 느끼며 만족스러운 표정을 잠시 지었다가 이내 그 불을 완전히 꺼버렸다.

"글쎄, 이런 표현이 얼마나 합당할지는 모르겠지만 쉽게 말해 어떤 문제가 발생했을 때, 케인스주의자들은 무언가를 열심히 해야 한다는 쪽이고, 고전학파 쪽은 그 일이 스스로 잠잠해질 때까지 건들지 않는 것이 오히려 피해를 최소화시킬 수 있다는 쪽이지. 스태그플레이션 상황에서 무언가 해야 한다는 쪽은 가격 통제 정책을 내놓았지. 불황임에도 마구 오르는 물가를 일단 잡고 봐야 했을 테니. 물론 시장의 자유를 강조한 사람들은 이런 식의 통제 정책은 오히려 더 큰 문제를 야기하기만 할 뿐이라고 생각했지만 말이야. 어쩌면 마지막 한 푼이라도 정부 지출을 줄이고자 한 아이젠하워의 고집 때문에 자신이 케네디와의 선거에서 간발의 차이로 패배한 것이라 생각했던 닉슨으로서는 지금 같은 상황에서조차 소극적 대응보다는 적극적으로 움직이는 것이 더 낫다고 판단한 것인지도 모르지. 최소한 정치적으로는 그게 훨씬 낫다고 봤을 거야."

최경호는 침대에 기대어 앉은 채 연상의 여인이 하는 말을 조용히 듣고 있었다. 그런 경호에게 제이니가 질문을 던졌다.

"그런데 경호. 한 번 생각해 봐. 임금이나 가격을 통제하는 정책이라. 누구의 임금과 어떤 가격을 컨트롤하겠다는 거지? 빵? 쌀? 고기? 미용사? 근로자? 어디까지 얼마만큼 통제를 하겠다는 거야?"

제이니의 갑작스러운 질문에 최경호는 딱히 할 말이 떠오르지 않았다. 그런 경호의 얼굴을 바라보던 제이니는 또 한 번 입을 열었다.

"특정 물품, 뭐, 이를테면 생필품의 가격을 통제한다고 해보자고. 생필품은 사람들에게 중요한 것들이니까. 생필품의 가격 상승은 막아 놓은 채 다른 물품들의 가격만 계속 오르고 있다면, 소비를 할 때에는 좀 유용한 측면이 있겠지만, 그 생필품을 만드는 공장이나 그곳 근로자들은 어떻게 되는 거지? 충분한 수익을 낼 수 없는 공급자들은 결국 생산을 포기하게 될 것이고 그러면 그 물품의 공급량은 줄어들어 더 큰 가격 상승을 불러올 위험만 가중시킬 뿐이지. 게다가 생필품 공장의 근로자들은 실업자 신세를 면치 못할 것이고⋯.

혹은 어떤 정의로운 논리를 앞세우며 이를테면 식당이 받을 수 있는 밥값의 상한선을 국회가 정해서 법으로 통과시킨다면 그것은 어떻게 될까? 올해 정한 밥값의 상한선이라는 것이 내년, 내후년 혹은 그 이후에는? 그때에도 타당한 가격책정으로 남아 있으려나? 아니면 몇 년 주기로 국회에서 재토론을 거쳐서 다시 적정한 밥값의 상한선을 수정하여 법 통과를 시켜야 하나? 현재 정해진 그 가격이 적정하다는 것은 또 무엇을 근거로 계산된 거지?

선한 의도에 북받쳐 실천한 용기 있는 행동은 때로는 선한 결과를 담보하기보다는 그런 행동을 실천한 자신을 우스운 행동만을 한 코미디언으로 만들어 버리곤 하지. 인생 자체가 코미디로 변해 버린 현실 속 심각한 표정의 코미디언들! 시간이 더 흐르면 역사 속 코미디언으로 그 이름이 남게 되겠지."

"사실, 자본주의가 고장이 났을 때는 오히려 가장 자본주의적으로 접근해야 하는 것 아냐?"

"훗, 경호! 꽤 그럴듯한 말을 하는데? 내 생각이 바로 그거야. 보통 자유시장경제가 활성화되어 경제가 원활해져 여유가 좀 생기면 사람들은 생태계의 기본 원칙을 깨는 시도를 늘려가지. 생태계는 적응하는 생물만이 살아남고 경쟁력이 떨어지는 생물은 도태되는 곳이지. 하지만 이런 생태계의 준엄한 원칙을 인간 세상에 그대로 적용하면 너무 야속하게 느껴지잖아? 게다가 사람은 누구나 동정심을 가지고 있고 말이야. 그래서 풍요로워질수록 자연 생태계의 대원칙에 역행하고자 하는 시도를 하게 되고 이것이 하나하나 늘어나다 보면 점점 효율성을 잠식시켜가다가 그 정도가 한계점을 넘어서게 되면 사회 전반으로 비효율이 만연하는 상태로 전락하지. 이럴 경우 다시 생태계의 대원칙으로 돌아가야 해! 하지만 살림살이가 어려워진 상황에서 그런 준엄한 선택을 용기 있게 하기가 매우 어렵지. 오히려, 사람들은 우선 듣기 좋은 이야기, 아무런 구체적인 대안은 없지만, 그저 추상적으로 듣기 좋은, 그런 약 팔이의 만병통치약 광고에 더 혹하고는 하지.

여기서 더 나아가, 적당한 사람을 마녀로 골라잡아 형틀에 묶은 뒤, 헛바닥이라는 비수를 이용해 난도질까지 할 수 있으면, 마음속에 혹시라도 개인적 정치 욕심을 숨기고 있는 선동적인 정상배들로서는 완전히 금상첨화지. 건설적 비판은 원래부터 없던 거고 비난을 위한 비난이라는 광기 어린 열정에 사로잡혀 퇴폐적 쾌락의 극치를 느끼면서 이 세상의 모든 문제는 그 마녀가 파생시킨 것인 양 몰아붙이지.

글쎄, 그 희생양이 그렇게나 영향력 있는 능력자일까? 만악의 근원이라. 그런 것도 따지고 보면 초인적인 능력이 있어야 가능한 거 아냐?

누군가를 희생양 삼아서 입안의 비수를 화려하게 휘두르는 그런 사람들은 사실 본인 스스로가 이미 감정 조절에 실패하고 있는 것에 지나지 않아. 더 이상, 정치가 자본주의의 팔을 비트는 일은 좀 없었으면 좋겠어."

제이니는 의자에서 일어나 다시 최경호가 앉아 있던 침대로 왔다. 최경호의 이마에 가벼운 입맞춤을 하는 듯하더니 어느새 그의 귓가에 대고 작은 소리로 속삭였다.

"경호, 오늘은 조용히 수업을 잘 듣네. 호호, 오늘 경호의 콘셉트는 착한 학생인 거야?"

제이니의 농담 섞인 물음에 최경호는 웃으며 답했다.

"하하, 뭐, 착한 학생보다 더 나아가서 노예 콘셉트라고나 할까?"

"풋! 그게 뭐야…."

"어? 농담 아니래도. 그동안 제이니와 보낸 시간들을 되뇌어보면 난 완전 노예였다니깐. 제이니와 가까워지고 있다고 생각하면서 뿌듯한 마음으로 걸어온 그 길이 사실은 제이니의 노예가 되어 버리는 길이었던 거지! 크크크."

"노예의 길이라…. 호호, 하이에크!"

"뭐?"

"하이에크."

제이니는 최경호에게 찡긋 윙크를 날리더니 말을 이어 나갔다.

"『노예의 길』이라며. 나라가 모든 일에 일일이 관여하는 순간 점점 사익의 영역은 줄어들게 되고 그 결과 전체주의 사회로 전락하게 된다는 점을 경계하며 쓴 하이에크의 유명한 저서잖아. 이 책은 1975년에 보수당의 당수로 선발되어 영국 최초의 여성 당수가 되고 1979년의 총선거에서 노동당의 제임스 캘러헌 전 수상을 누르고 첫 여성총리가 되는 데 성공한 마거릿 대처의 이념을 날카롭게 벼리는 데 중요한 역할을 했지. 그녀가 옥스퍼드 대학을 다니던 시절 도서관에서 우연히 혹은 운명적으로 이 책을 꺼내어 읽은 후 하이에크의 생각에 깊은 감명을 받게 된 거야. 원래 시장경제론에 대해 본능적으로 호감을 가지고 있던 그녀로 하여금 그것을 더욱 강한 확신으로 굳히게 하는 역할을 한 거지. 이 신념을 가지고 그녀는 훗날 영국병을 치유해내고야 마는 쾌거를 이뤄내지!"

제이니는 잠시 말을 멈추는 듯하더니 앞을 바라보며 다시 입을 열었다.

"이때부터 하이에크는 드디어 빛을 보기 시작했어. 케인스의 이념에 밀리고 밀려나 이념지형의 땅끝마을에 숨어 들어가 숨죽이고 있어야 했던 하이에크의 경제적 아이디어가 드디어 빛을 보기 시작한 거야. 1974년 스웨덴 스톡홀름 시청 건물. 하이에크의 노벨상 수상 연설이 큰 소리로 울리며 세상을 향해 퍼져 나갔지."

"크아악!"

고통의 비명을 지르며 피투성이가 된 채, 그 자리에 쓰러져 버린 건 바로 성문이파의 서열 3위, 설온도였다. 바닥에 쓰러진 채 꿈틀대는 그 모습은 마치 물 밖에 나온 낙지와도 같았다. 몸의 부담을 최소화시키기 위한 차림인 듯, 트레이닝복을 입은 다소 왜소해 보이는 남자가 뿔테 안경을 살짝 들어 올리며 방송반 녹음실 한쪽 벽에 움츠리고 서 있는 강경희를 바라보며 싸늘한 웃음을 지어 보였다.

"강경희 학생, 맞죠? 언니와 닮았네요."

비록 강경희 자신을 위험에서 구해주기 위한 일이긴 했으나 믿을 수 없이 잔인한 광경을 연출한 이 남자! 그의 목소리는 마치 한 마리의 뱀이 되어 그녀의 두 귀를 후비고 지나가는 것처럼 느껴졌다. 그래도 그 남자의 말 속에 자기 언니와 지인이라는 힌트가 나오자 조금은 안도가 되기는 하였다.

"저, 저희 언니를 아시나요?"

"하하하! 그럼요. 저는 언니를 잘 알죠. 언니는 사실 저에 대해 아무것도 모른다고 해야 맞겠지만, 흐흐흐."

알쏭달쏭한 그 남자의 말이 강경희를 또 한 번 혼란스럽게 했다. 이 와중에도 그 남자는 거침없이 하던 말을 이어 나갔다.

"사실, 오늘 제가 여기에 온 목적은 따로 있어요. 제가 몸담고 있는 조직에 해를 끼친 두 명을 만나야 하거든요. 그런데 이곳에 와서 보니까 스피커에서 경희 학생의 목소리가 울려 퍼지고 있는 거예요. 위험할 수 있겠다는 생각에 잠깐 여기 들른 거지요."

"저, 저를 아세요?"

"네? 아! 하하하, 제가 몸담고 있는 조직이 어떤 일을 할 때는 언제나 정보를 철저히 모으는 편이라서. 뭐, 너무 신경 쓰지 마세요. 언니나, 경희 학생에게 해로운 일을 할 계획은 없으니까. 뭐, 어쨌든, 그건 그렇고. 이거!"

뿔테 안경을 쓴 그 남자는 트레이닝복 주머니의 지퍼를 내리더니 이내 꼬깃꼬깃해진 하얀색 편지봉투를 꺼냈다.

"이, 이게 뭐죠?"

"나중에 언니가 오거든 좀 전해 주세요. 언니가 되게 궁금해 하던 거예요."

강경희는 떨리는 손으로 그것을 받아 들었다.

"자, 그럼 저는 원래 일을 하기 위해 먼저 갈게요. 먹잇감을 놓치면 제 체면이 말이 아니라서, 흐흐."

트레이닝복을 입고 뿔테 안경을 쓴 그 남자는 그야말로 바람처럼 그곳에서 사라져 버렸다. 가벼운 몸놀림으로 달려가는 그 모습이 얼핏 한 마리의 새가 날아가는 것 같은 착각이 들 정도로 빠르고 부드러웠다. 강경희는 그가 준 편지봉투를 들고서는 멍하니 서 있었다. 얼마의 시간이 흘렀을까, 요란한 구두 소리를 내며 언니인 강연수가 반쯤 열린 방송반 문을 박차고 들어왔다.

"경희야, 여기 있니?"

"언니!"

강경희는 눈물을 흘리며 강연수에게 달려가 그대로 안겼다.

작전 세력이 그리는 그림

　장정현 팀장은 자신의 회사에 견학을 온 투자 동아리 대학생들에게 이런저런 설명들을 계속 해주고 있었다. 금융투자라는 것이 언제나 그 자체로 리스크를 안아야 하는 어려움이 있다는 것을 잘 아는 금융계의 베테랑 장정현으로서는 이 세계에 관심을 갖고 있는 인생 후배들에게 하나라도 더 알려주고 싶은 욕구가 다른 어느 때보다 강하게 타오르고 있었다. 이때 한 학생이 장 팀장에게 물었다.

　"팀장님, 주식은 역시 정보가 빨라야 하는 거 아닌가요?"

　호기심 가득 찬 그 남학생의 눈을 보면서 장정현 팀장은 대답을 시작했다.

　"맞아요, 정보가 가장 중요하지요. 그런데 그 정보도 언제나 스스로 한 번쯤 생각해 볼 부분들이 있어요. 예를 들어, 수천억 원대의 일제 강점기 금괴가 숨겨져 있는 보물선을 찾았다는 어떤 회사의 루머가 파다했던 적도 있고 혹은 카메룬에서 대규모 다이아몬드 개발권을 확보했다는 소식이 돌았던 적도 있지만, 이것들은 모두 주가조작 세력들의 역정보였음이 시간이 지난 후 밝혀졌죠."

　장 팀장의 말을 들은 학생들은 조금 긴장하는 표정이었다.

"일부 언론매체에서는 특정 회사로부터 광고비를 받고 그 회사의 호재성 기사를 검증 없이 실어주는 경우도 있지요. 그러니 어떤 뉴스를 아무 생각 없이 받아들이면 때때로 작전 세력에게 당하는 수가 있어요. 과거 네 번이나 작전에 성공한 바 있는 '씨앤케이'라는 회사는 그때, 그들이 밝힌 다이아몬드 추정 매장량이 무려 62조 원이었지요. 적자를 보이고 있는 코스닥 중소기업이 그 정도의 다이아몬드 채굴권을 확보했다는 것은 그 가능성이 매우 희박하다는 것을 간파할 수 있어야 한다는 거죠. 그러므로 투자를 실행에 옮기기 전에는 기업들의 규모, 재무상태 등을 확인하는 습관을 들여야 해요. 다들 즐겨 활용하는 HTS(Home Trading System)[13]만 잘 살펴보아도 쉽게 다양한 정보들을 얻을 수 있어요. 작전 세력에게 휘둘리는 회사의 특징은 대부분 적자 혹은 매우 소규모의 흑자인 경우가 많다는 점을 꼭 기억하세요."

여기까지 말하던 장 팀장은 뒤를 돌아 화이트보드에 매직으로 그래프를 하나 그렸다.

"자, 여러분. 지금 이 그래프가 보통 작전이 들어갔을 때 보여주는 패턴이라고 볼 수 있어요. 작전이라는 것은 흔히 1개월에서 3개월 정도의 기간을 두고 이뤄지는 경우가 많죠. 보통 그렇다는 거고 단기로 한다면 일주일이나 한 달, 장기는 3개월 이상을 놓고 하기도 해요. 그래프의 모양은 제가 화이트보드에 그린 이런 형태의 패턴

---

13) 개인투자자가 인터넷을 통해 집 또는 사무실에서 주식 거래를 할 수 있는 프로그램.

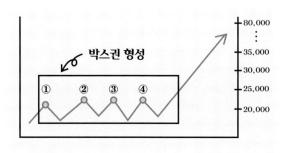

을 보이죠. 일정한 박스권 안에서 위아래로 등락을 거듭하면서 개미 투자자들로 하여금 점점 지쳐서 나가떨어지게 하는 거죠. 박스권을 뚫지 못한다고 생각한 개미투자자들이 점점 매도를 하게 되면 작전 세력들이 개미들이 내어놓은 주식을 계속 사 모으지요. 매수 세력(작전 세력)이 충분히 물량을 확보할 때까지 계속 위와 같은 흔들기를 지속합니다. 지금 제가 그린 그림에서는 흔들기가 대략 4번 이뤄졌죠. 물론, 장기간 동안 더 많은 흔들기가 이루어질 수도 있겠죠? 작전 세력이 충분한 물량을 매수했다고 판단할 때까지 계속 흔들기를 통해서 개미들을 떨구어내죠. 특히 지금 그림과 같은 상황에서 마지막이라고 할 수 있는 ④번 지점에서는 의도적으로 악재가 될만한 루머를 퍼뜨리기도 하지요. 개미들이 들고 있는 마지막 한 주까지 떨구어내어 자신들이 물량을 확보하기 위해서 말이죠. 그리고 충분한 시기가 왔다고 판단되는 순간 제가 그린 그림처럼 주가를 쭉 띄우게 됩니다. 개미투자자들은 화들짝 놀라며 떠오르는 주가에 매료되어 불빛을 향해 달려드는 불나방 떼처럼 '사자(Buy)!'를 외치며 매수주문을 넣게 됩니다. 이 상승세에 합류하고 싶어 하지요. 자, 그러면 다음 그림을 그려보도록 할게요."

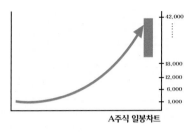

A주식 일봉차트

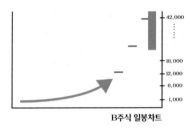

B주식 일봉차트

장 팀장은 화이트보드를 지운 뒤 새로운 두 개의 그림을 그렸다.

"자, 내가 지금 두 개의 그래프를 화이트보드에 그렸어요. 사실, 두 개라고는 하나 큰 차이는 없고 결국 같은 논리입니다. 단지, 첫 번째 그림과 두 번째 그림의 차이점은 두 번째 그림을 보면 빨간 선으로 이루어진 일직선이 보이죠? 이게 나타났느냐 아니냐의 차이인데 빨갛게 되어 있는 일직선의 의미는 그날 주식이 시작할 때 상한가를 치기 시작해서 끝날 때까지 상한가가 되는 그런 상황을 의미합니다. 주식이 미친 듯이 오를 때는 마치 야구의 노히트 노런[14] 게임을 연상케 하는 이런 일도 벌어진답니다. 어쨌든, 이런 그래프를

---

14 야구에서 야구팀이 최소 9회 동안 단 한 번의 안타도 허용하지 않고 완료한 게임이다. 단, 볼넷, 몸에 맞는 볼, 또는 실책 등에 의한 출루는 가능하다. 어떤 타자도 1루에 가지 못한 퍼펙트게임도 당연히 노히트 노런이다. 〈출처: 위키 백과〉

보여주게 되는데 이때 대부분의 사람들은 열심히 이 흐름을 타고 싶어서 매수주문을 넣게 되지요. 때로는 이런 생각도 합니다. '작전이든 뭐든 치고 빠지면 되는 거 아니겠어?'하는 얄팍한 생각. 하지만 이런 생각은 매우 위험해요. 지금 제가 그린 두 개의 그림을 보면 알겠지만 지금 상황은 아무리 매수를 하려고 해도 거의 매수를 하지 못하는 그런 상황이에요. 흔들기를 통해서 충분한 물량을 가지고 있는 작전 세력이 쉽게 내놓지 않거든요. 심지어는 아침에 상한가에서 시작해서 끝날 때까지 상한가로 끝나는 경우도 있을 정도니까 그 뜨거운 분위기는 상상이 가죠? 설혹, 약간 매수에 성공한 개미가 있다 해도 워낙 소량의 주식수라서 조금 더 모으기 위해 계속 매수주문을 넣을 것이 분명해요. 반면, 이미 물량을 대량 확보하고 있는 작전 세력은 달아오른 개미들의 매수주문이 얼마나 들어오는지 지켜보다가 적당한 때가 되었다고 판단되면 자신들의 물량을 모조리 개미들에게 떠넘기는 거죠. 그러면 그래프는 지금 제가 그린 그림의 마지막 부분처럼 개미들의 심장을 후벼 파는 파란색 칼날이 되어 아래로, 아래로 떨어지게 됩니다."

장 팀장의 마지막 말은 투자 동아리 학생들의 마음을 찌르는 듯했다. 십여 명의 학생들은 모두가 조금씩 경직된 표정을 짓고 있었다. 혹은, 자신은 절대 당하지 않겠다는 각오를 다시 한 번 되새기는 그런 비장한 표정일 수도….

작전의 참가자와 유형

눈물의 상봉을 마친 연수, 경희 자매는 서로의 소중함을 확인하려는 듯 두 손을 꼭 마주 잡은 채 그 자리에 서 있었다. 이때, 강경희가 외쳤다.

"아, 언니! 아까 말이야…"

강경희는 자초지정을 이야기한 후, 뿔테 안경의 정체 모를 남자가 주었던 편지봉투를 언니인 강연수에게 건네주었다. 강연수는 황당한 듯하면서도 특유의 호기심 가득한 표정으로 그것을 건네받았다. 그리고는 봉투를 열어 안에 들어있던 편지지를 꺼내어 읽었다. 옆에 있던 강경희 역시 그 내용이 궁금하여 언니가 들고 있는 편지지에 눈을 고정하고 있었다.

'혹시, 언니를 향한 러브레터?'

라는 생각도 순간 들기도 했으나 눈에 들어온 내용은 전혀 뜻밖의 것이었다.

안녕하세요, 강 대리님!

저예요, 저! 막내 사원! 전에 강 대리님께서 궁금해 하시던 거 제가 몇 자 적어서 정리해 두었으니 보시면 참고가 될 거예요.

우선, 대리님이 궁금해 하셨던 첫 번째!
주식시장에서 작전은 누가 펼치는가?

① 설계자

설계자는 총사령관 역할을 하게 됩니다. 우선, 작전의 대상이 되는 주식을 선택하지요. 작전의 대상이 되는 주식이라는 것은 망하기 직전의 비실비실한 적자기업들이 대부분 선택되지요. 이런 선택과 이후의 시나리오를 총괄하는 사람입니다.

② 쩐주

뭐, 이름에서 드러나듯 밑천을 대는 사람이지요. 명동 사채업자 혹은 강남 부티크가 보통 이 역할을 합니다. 이들은 때때로 조폭과도 연관이 있고요 만약 작전이 실패로 돌아가도 자신들은 한 푼도 손해를 보지 않고 다른 작전 구성원들에게 피해액을 고스란히 전가시키지요. 즉, 그들로부터 돈을 받아내는 한이 있더라도 자신들은 실패에 대한 손해는 한 푼도 보지 않습니다. 아! 여기서 오해하면 안 되는 것은 명동 사채업자나 강남 부티크 모두가 작전이나 일삼는 불법조직이라는 뜻은 아닙니다.

③ 얼굴마담(바지사장)

이 사람을 통해서 그 회사의 호재성 뉴스를 공시 및 언론에 유포

하는데 사실 사장이라고는 하나 작전 세력의 계획에 따라 허위 루머를 퍼뜨리는 꼭두각시에 불과하죠. 안타까운 점은 어쨌거나 대외적으로 대표이다 보니 작전이 들통났을 때, 독박 쓰고 감옥으로 가는 숭고한 희생자가 되기도 한다는 점이죠.

④ 기술자 (트레이딩 리더)

실제로 주식을 사고팔면서 그래프를 그리는 플레이어지요. 전직 증권사 직원인 경우가 많아요. 아마도 사고파는 것에 많이 익숙할 테니까요. 하지만 직접 뛰는 플레이어다 보니 작전이 적발될 시에 어김없이 감독 당국에 걸려들 수밖에 없는 그런 역할입니다.

자, 그러면 강 대리님이 가졌던 또 하나의 질문, 작전은 어떻게 하는가?

① 가장매매

이것은 허수주문이라고도 하는 것으로 실제로는 사거나 팔 생각이 없지만 그렇게 보이기 위해 넣는 주문이지요. 현재 이 주식의 주문이 활발하게 들어오고 있다는 것을 보이게 하려는 속셈이지요. 그리고 또 한 가지는 시세 등락을 조절하기 위한 목적도 있어요. 즉, 작전 세력이 보기에 가격이 너무 오른다는 판단이 되면 현재 거래되고 있는 가격보다 높은 가격으로 대규모 매도 물량을 쏟아냄으로써 현재 열심히 매수하고 있을 개미들에게 심리적으로 더 이상의 매수를 부담스럽게 만드는 효과가 있지요. 반대로 가격이 하락할 때에는 현재 가격보다 낮은 가격으로 매수물량을 깔아놓으면 매도하던 개미들이 잠재 매수주문이 많은 것을 보고 더 좋은 가격에 팔기 위해 매도를 멈추게 하는 효과가 있어요.

② 자전거래

어떤 사람이 어떤 주식을 자신이 매도주문을 냄과 동시에 똑같은 가격에 매수주문을 넣어 거래를 하고 다시 가격을 좀 더 올려 자신이 매도주문을 내고 바로 그 가격에 자기가 매수주문을 넣어서 거래를 체결하는 방법을 반복해서 거래량과 가격을 올린다면 이것은 자전거래에 해당되어 금융당국의 경고를 받게 됩니다. 동일한 명의의 계좌뿐 아니라 배우자나 자녀의 계좌를 끌어들여서 같은 행위를 하여도 역시 자전거래로 판단합니다. 참! 이 부분은 전에 장 팀장님께서 회사에서 한번 웃으시면서 얘기했던 적이 있던 것 같군요. 팀장님이 갖고 있던 종목을 아내에게 넘기기 위해 팀장님 계좌로 매도주문을 하고 부인의 계좌로 그 가격 그 수량만큼 매수주문을 해서 거래를 체결시켰더니 HTS에서 경고문이 뜨더라고 말씀하시던 바로 그 경우이지요. 하지만 다른 가격에 거래를 한다면 그것은 자전거래가 아니에요. 즉, 하루에도 몇 번씩 치고 빠지는 공격적인 초단타 매매를 하는 데이트레이더[15]가 자전거래에 걸리지 않는 것은 그들은

---

15) 초단타매매를 하는 데이트레이더는 보통 3가지 유형으로 나뉜다.
① 스캘퍼 - 가장 공격적이 데이트레이더들이다. 일시에 거액을 몰빵해서 수분, 수초 만에 수익을 내고 빠지는 스타일이다.
② 데이트레이더 - 스캘퍼보다는 덜 공격적이면서 당일 매수한 종목은 그날에 정리하는 원칙을 지킨다.
③ 스윙트레이더 - 당일 매도보다는 일주일 정도 시간을 두고 단기 급반등할 수 있는 종목에 주로 투자한다.

같은 가격으로 사고팔지 않기 때문이죠. 이들은 동일인이 동일종목을 여러 번 거래한다고 해도 싸게 사서 비싸게 파는 행동을 여러 번하는 거니까 자전거래가 아니죠.

③ 통정매매

이것은 서로 정보를 주고받으며 하는 매매를 말하지요. '통'은 통한다는 의미이고 '정'은 정보를 뜻합니다. 오래전에 개봉했던 한국영화 '작전'이 있지요? 그 영화에서는 이런 장면이 나옵니다. 몇 사람이 룸에 앉아서 그중 한 사람이 잔에 술을 약간 채우지요. 그리고 그것을 옆 사람에게 줍니다. 그 사람은 그것을 마신 뒤 처음보다 잔을 조금 더 채워서 그다음 사람에게 주지요. 그것을 받은 사람은 역시 그 잔을 비운 뒤 자신이 마셨던 술의 양보다 조금 더 많이 잔을 채워서 다음 사람에게 넘기지요. 이렇게 자기들끼리 주고받다가 잔속에 술이 충분히 찼다 싶을 때, 그것을 보고 있던 엉뚱한 여자 종업원에게 그 술을 다 마시라고 합니다. 이것이 바로 통정매매입니다. 그럼 예를 들어 볼게요. A, B, C는 서로 통정매매기법으로 주가를 인위적으로 올리기로 결정을 합니다. 그러면 우선 A가 특정주식을 100원에 구매한 뒤 그것을 200원에 내놓으면 B가 200원에 사주고, 다시 300원에 내놓고, 그러면 C가 바로 300원에 사주고, 다시 400원에 내놓고, 이것을 다시 A가 400원에 사서 500원에 내놓고 이런 과정을 몇 번 반복하면 자연스레 주가는 오르게 되지요. 그러면 이를 보고 있던 개미투자자들이 하나둘 몰려들기 시작하더니 점점 더 많은 개미투자자들이 달려들게 되지요. 그러면 주가는 자연스레 더더욱 상승하겠지요.

　강 대리님이 이 편지를 읽고 있으실 때에는 저에 대해 많은 부분이 혼란스러우시겠죠. 저는 혈통은 한국인이지만 유년기를 지나고서는 중국에서 살았어요. 그리고 그동안 대리님과 함께 잠깐이나마 회사생활을 하기는 했으나 사실 저의 진짜 소속은 다른 곳에 있답니다. 그냥 큰일을 하는 비밀 요원쯤으로 생각해 주세요. 그곳에서 저는 '미스터 큐(Mr. Q)'라고 불리지요. 저의 조직은 어떤 일을 할 때 정보수집을 확실히 해요. 오늘 제가 할 일이 한국대학교에 있었고 이곳에는 강 대리님 동생이 다니고 있다는 것을 알고서 이렇게 편지지에 몇 자 적어 보았어요. 전에 대리님께서 궁금해 하시던 거 말이죠. 도움이 좀 되었나요? 이 편지는 동생을 통해 전해달라고할 참이에요. 그리고 아마 앞으로 저를 보실 일은 없으실 거예요. 그러길 바라요. 저를 보게 된다는 건 좋은 일보다는 그렇지 않을 확률이 높을 테니까. 그럼, 죽는 그날까지 만수무강하세요. 하하하, 인사가 좀 특이했나?

　그동안 막내 사원으로 불렸던 미스터 큐의 편지는 여기까지였다. 자신에게 막사라닷컴의 작전 사실을 미리 알려준 의문의 인물이 막내 사원이라는 것을 확인한 강연수는 입을 꼭 다물고 있었다. 연수는 들고 있던 편지를 다시 동생인 강경희에게 건넨 뒤 혼잣말을 하면서 방송실 밖으로 달려 나갔다.
　"여기에 볼일이 있다고? 그러면 아직 이곳에 있겠지?"

급히 나가는 언니의 뒷모습을 보면서 강경희는 크게 외쳤다.

"언니, 어디 가?"

그러나 들려오는 것은 차가운 바닥을 내려찍는 여성용 구두의 날카로운 소리뿐이었다.

부티크와 명동 사채업자

열댓 명의 투자 동아리 대학생들 앞에서 자신의 이야기를 마친 장 팀장은 현재 학생들로부터 질의응답을 받고 있었다. 이번에는 한 남학생이 손을 들고 질문을 하였다.

"그런데 팀장님, 아무리 많은 자금을 가지고 어떤 주식을 대상으로 작전을 실시하기 위해 여러 번 거래를 한다고 해도 그것이 자연스럽게 보이려면 주식 계좌가 다양해야 하지 않나요? 그렇게 하려면 많은 사람들이 필요할 텐데 이 문제는 어떻게 해결하죠?"

학생의 질문을 다 듣고 난 장 팀장이 입을 열었다.

"그래요. 학생의 지적대로 몇천 억을 모았다고 해도 소수의 인원으로 종목을 매입해 봤자 감시 당국의 관심만 끌 뿐이겠죠. 그래서 보통 차명계좌를 활용하지요. 길에서 노숙하는 사람들에게 몇십 만 원 정도만 사례하면 쉽사리 계좌들을 만들 수 있어요. 이런 차명계좌를 이용해서 작전을 수행하지요."

또 다른 한 여학생이 질문을 하였다.

"그럼, 팀장님. 차라리 요즘 인터넷이나 방송 혹은 강연 등 돈을 받고 추천해주는 유료 추천주를 중심으로 투자를 하면 안전하지 않나요? 그들은 전문가니까 작전인지 아닌지도 잘 판단할 테고 말이죠."

"뭐, 아무래도 전문가들이 자신의 명예를 걸고 하는 일이라면 좀더 신중하게 종목을 추천하겠죠. 하지만 꼭 그렇지만은 않다는 것도 명심해야 해요. 이를테면 주식 관련 인터넷 카페에서 돈을 받고 주식을 추천해 주는 경우가 많은데 이를 이용한 작전도 엄연히 존재하는 게 사실이거든요. 즉, 카페 운영자들이 자신이 미리 매수한 종목 위주로 추천한 다음에 회원들이 그 추천받은 종목에 모여들면서 가격이 오르기 시작하면 자신들은 쏙 빠져 버리는 이런 경우도 많이 있죠. 물론, 처음부터 이렇게 하지는 않아요. 처음에는 회원들이 돈을 벌 수 있도록 도와준 뒤 어느 정도 신뢰가 쌓이고 명성이 올라가 회원들이 증가하면 그때부터 이런 장난을 치기 시작하는 거죠. 이들은 또 자신들이 직접 증권방송에 출연하거나 혹은 그런 사람을 통해서 방송을 통해 추천종목을 광고하기도 하지요. 역시 사람들이 몰리면 자기들은 쏙 빠져 나와요.

때로는 유명한 슈퍼개미들이 자신들의 명성을 이용해서 작전을 펼치기도 해요. 특정 회사의 주식을 5% 넘게 취득하면 공시를 하게되어 있어요. 이를 통해 어떤 슈퍼개미가 특정 회사의 주식을 그렇게나 많이 샀다는 것이 알려지면 사람들은 그 주식에 모여들죠. 그렇게 주식이 오르게 되면 정작 슈퍼개미는 유유히 팔고 떠나는 거죠."

질문을 던졌던 여학생은 조금 서글픈 표정을 짓는 듯했다. 장 팀장은 더 열심히 설명했다.

"그러니까, 제 말은 여러분들이 투자 동아리를 하면서 열심히 공부를 해두라는 것입니다. 다른 사람들의 이야기에 부화뇌동해서는 당하기만 할 뿐이죠. 하지만 자신이 원칙을 가지고 스스로 의사결정을 내릴 수만 있다면 이런 함정쯤은 충분히 피해갈 수 있어요. 특히, 누가 누가 샀다더라 하는 식의 이야기는 거르는 것이 좋죠. 연예인 누구누구, 재벌 3세 누구누구, 혹은 정치인 테마주 뭐, 이런 것들과 관련된 주식을 자주 손대게 되면 결국 작전에 당하는 날이 오게되지요. 그래서 주식을 통해 한 번에 엄청난 수익을 내겠다는 생각보다는 차근차근 잃지 않고 조금씩 모아 나간다는 겸손한 태도가 중요해요. 이런 마음으로 접근하면 떠도는 풍문에 솔깃하지 않을 수 있고 점점 시간이 흐르면서 투자자로서 관록이 쌓이게 되면 자연스레 자신의 실력에 맞춰서 더 노련한 투자를 할 수 있게 될 테니 저와 오늘 만난 우리 투자 동아리 학생 여러분들은 부디 한탕주의에 빠지지 않기를 바랍니다."

이렇게 말을 맺으려는 장 팀장에게 한 남학생이 질문을 하였다.

"저기, 팀장님. 그런데 부티크라는 곳은 뭐하는 곳이죠? 그런 말을 어디선가 들은 적이 있어서…"

"아! 부티크 말이죠."

말을 끝내려던 장 팀장은 다시 학생들을 향해 이야기를 시작했다.

"부티크의 시작에 대해서는 다들 말이 많아요. 왜 부티크라고 불리는지도 좀 불명확하고요. 어쨌거나 부티크는 쉽게 말해 부동산중개소와 비슷하다고 생각하면 됩니다. 어떤 회사를 팔려고 할 때 부티크가 중개업무를 함으로써 거래를 원활하게 해주지요. 그런데 중개업무만 하는 것은 아니고 기업이 필요로 하는 자금을 조달해서 대출해 주기도 합니다. 즉, 이 부분이 명동 사채업자들을 떠올리게 하지요. 즉, 중개업과 사채업의 결합형태라고나 할까요?

명동이 사채시장의 허브가 된 것은 예전에 은행의 본점들이 거기에 모여 있었기 때문이죠. 자, A라는 회사가 B라는 회사의 어음을 가지고 있다고 합시다. 그러면 A기업이 B기업으로부터 현금을 받으려면 약속된 날까지 몇 달 정도 기다려야 하겠죠? 하지만 A기업에 지금 당장 현금이 필요한 상황이 발생했다고 합시다. 그러면 명동에 있는 은행 본점으로 달려가 어음을 할인해서라도 미리 돈을 받으려고 할 것입니다. 즉, 어음을 은행에 넘기는 대신에 A기업은 당장 은행으로부터 현금을 찾을 수 있다는 것입니다. 물론, 어음에 약속된 모든 금액을 다 찾을 수 있는 것은 아니고 어느 정도 핸디캡을 적용해서 할인된, 다시 말해 일정 부분 손해를 감수하고 미리 돈을 찾는다는 뜻이에요. 물론, 은행도 아무 회사의 어음이나 이렇게 해주지는 않겠지요. B회사가 얼마나 믿을만한 기업인지 즉, 돈을 떼먹지 않고 잘 갚을 기업인지를 신중하게 판단한 뒤에 B회사의 어음을 떠안을 것입니다. 하지만 만약 B기업이 부실하다고 판단된다면 A기업은 은행에서 퇴짜를 맞겠죠? 그래서 이런 사람들을 고객으로 하기 위해 사채업자들이 은행주위에 모여들었고 그래서 명동을 중심으로 사채업자들이 몰려들게 된 것입니다.

어음의 대부분은 어떤 거래를 수반하는 진성어음입니다만 때때로 그런 것 없이 오로지 돈을 빌리는 목적으로 발행된 융통어음이라는 것도 있어요. 어떤 회사가 돈이 필요한데 누구도 빌려주지 않을 때, 마지막으로 사채시장에서 융통어음을 빌리게 되는 것이죠. 즉, 이쯤 되면 이런 회사는 거의 절벽에 떨어지기 바로 직전에 있다고 생각하면 됩니다. 그러다 보니 이런 계약은 때때로 법의 영역을 벗어나는 조건들이 물밑에서 이뤄지기도 하죠. 조심해야 해요."

장 팀장은 학생들의 얼굴을 한 번씩 둘러본 뒤 웃으며 말했다.

"이런, 너무 어두운 면만 부각시킨 것 같군요. 하하하. 기본기가 탄탄하면 아무것도 염려할 필요가 없습니다. 기본에 충실하세요. 정보 획득을 위해 노력하고 동시에 그 정보를 올바르게 분석해낼 수 있는 지적 역량을 갖추고 있어야 해요. 주식, 선물, 옵션 등 이런 것들을 아는 것이 배에 대해 아는 것이라고 한다면 경제학적 지식은 바다의 흐름, 바람의 방향을 아는 것과 같습니다. 즉, 배에 대해서도 잘 알고 바다에 대해서도 잘 알아야 한다는 거예요. 이 부분을 명심해서 전문투자자의 길을 걷고자 한다면 언제나 공부를 게을리하지 않아야 합니다. 그래서 다들 꼭 성공하는 투자자가 되기를 바라요!"

"그런데 경제학 전공이 아닌 사람은 어떻게 하죠?"

한 학생의 질문에 장 팀장이 답했다.

"제가 말한 공부라는 것은 학문으로서의 경제학이나 경영학을 말하는 건 아니에요. 잘 알다시피 큰손이라고 불리는 사람들은 경제학 전공이 아닌 사람도 매우 많죠. 그렇지만 이런 사람들과 대화해보면 경제학이나 경영학에 대한 지식이 무수히 많다는 것을 느낄 수 있어요. 즉, 투자자로서 공부하라는 뜻입니다. 투자 감각에 도움이 되는 그런 지식이 많아야 한다는 겁니다. 이를테면 세상이 어떻게 돌아가는지 냉철하게 분석할 수 있는 그런 감각. 좀 더 정확히 말하자면 저는 역사라고 표현하고 싶어요. 어떤 시대, 어떤 사건이 인류의 경제적 발자취에 어떤 영향을 미쳤으며 사람들은 어떠한 반응을 보였고, 어떠한 대책을 마련했는지. 경제, 경영에 대한 역사. 역사라고 해서 꼭 옛날 일만을 말하는 것은 아니고요. 예전부터 현재까지 다 포함하는 모든 일들을 말하는 거예요."

미소를 띠며 이야기한 장 팀장의 마지막 말이 학생들의 마음에 깊이 파고든 것 같았다. 투자 동아리 대학생들은 박수를 치며 장 팀장의 브리핑에 고마움을 표했다.

M컨설팅

뉴욕의 명문대학을 졸업한 후 최경호는 경제 컨설턴트가 되어 온 세계를 누비고 다녔다. 특히 아직 개발이 덜 된 제3세계 국가 등에서의 최경호와 같은 경제 컨설턴트의 역할이라는 것은 매우 중요했다. 그 나라의 인프라스트럭처를 구축하기 위한 비용과 그 나라의 경제성장전망 등을 예측하여 그 나라의 최고지도자를 설득해서 미국의 기업들이 그곳에서 인프라를 구축하는 일들을 할 수 있게 만드는 문을 최경호와 같은 사람이 여는 것이었다. 최경호는 자신이 활동하는 동안 낙후된 나라가 변화하는 것을 보았고 놀라울 정도로 빠르게 성장하는 경제를 목격했다.

최경호가 컨설턴트로 활발히 활동하던 그 시절 영국의 마거릿 대처는 과감히 민영화의 기치를 내세워 비효율로 가득했던 국영기업들을 경쟁의 영역으로 옮겨 놓았으며 정부의 지출을 줄이고 기업보조금을 대폭 줄여나갔다. 경쟁에서 도태되는 기업은 결국 무너지고 그로 인해 실업자들이 양산되기도 했다. 그 때문에 그녀를 비난하며 얼른 정부가 돈을 풀어 실업자들을 구제하라는 목소리가 터져나오기도 했지만 동시에 시장 중심의 개혁을 통해 영국의 만연했던 비효율이 다시 효율적인 체제로 바뀌는 것을 보며 그녀를 향한 소리 없는 지지자들이 더 많이 늘어나고 있었다. 미국에서는 레이건이 케인스주의에 반대하며 그동안 풀려나갔던 돈을 다시 거둬들이고 있었다. 인플레이션을 잡기 위한 조치인데 이러한 조치의 첫 번째 증상은 언제나 그렇듯 실업과 파산이 늘어나는 것이다. 은행의 금리는 상승하여 채무를 진 사람들을 점점 더 벼랑 끝으로 내몰았다. 하지만 이러한 일시적 고통이 두려워 계속해서 돈을 풀고 정부의 영역을 넓혀 나간다면 결국에는 더 큰 재앙이 닥치게 될 것이라는 판단하에 레이건과 그의 참모들은 개혁을 이어 나갔고 시간이 흐르면서 고통의 시간이 지나 그들의 수술은 조금씩 성과를 드러내기 시작했다. 고통의 3년이 지나고 미국 경제는 인플레이션이 잡히기 시작했고 1983년 이후 지속적인 경제성장이 시작되었다. 이러한 경제의 흐름을 타고 최경호도 미국의 시민권을 가지고 미국 기업의 경제 컨설턴트로서 열심히 뛰어다녔다. 그리고 고액의 연봉이 주는 달콤한 생활을 만끽하고 있었다.

자신이 다니던 회사의 건물 1층 로비에서 커피 한잔을 하며 소파에 기대어 앉아 나른한 오후의 햇살을 즐기고 있던 어느 날, 그의 회사 선배 마이클이 지나가다 경호를 보고서는 씨익 웃으며 그에게로 다가왔다. 마이클은 최경호보다 5년 정도 먼저 입사한 회사 선배로서 금발 머리에 훤칠한 키를 가진 전형적이 미국인이었다.

"최! 여기서 뭐하는 거야?"

"아! 그냥 커피 한잔하면서 쉬고 있어요."

마이클은 최경호의 옆에 앉으며 이런저런 잡담을 시작했다.

"그런데, 최. 너는 어떻게 이 회사에 들어오게 된 거지?"

"네? 아, 그건…."

별것 아닌 마이클의 질문이 갑자기 최경호의 머리를 세게 때리는 듯하였다. 바쁜 하루하루를 보내며 잊고 있었던 기억이 갑자기 다시 떠올랐기 때문이었다. 이제와 생각해 보면 그것은 기묘한 경험이었다.

최경호가 제이니를 처음 만난 것은 대학교 때 그와 친한 친구가 집에서 주최한 파티에서였다. 영화에서나 볼 수 있었던 환락과 즐거움이 섞여 있는 그런 파티에 자신이 초대되었다는 사실이 믿기지 않았던 신입생 최경호는 몇 잔의 술을 마시고도 여전히 긴장이 풀리지 않았다. 그곳에 모인 이들은 음악에 맞춰 몸을 흔들고 정신없이 술을 삼켜댔으며 그리고 담배든 뭐든 하얀 연기가 나기만 하면 아무것이나 마셔대었다. 의식이 흐려지며 점점 몽롱해져 가던 그때 최경호의 눈에 들어온 것은 한국에서는 한 번도 본 적이 없었던 눈부신 금발의 미녀였다. 한국의 미녀가 제아무리 예쁘다 한들 북한산 계곡의 물줄기 정도라면, 지금 눈앞에 있는 금발의 여인은 그야말로 나이아가라의 웅장한 폭포수와 같았다. 야생의 에너지를 가득 머금은 채 넘쳐흐르는 그녀의 아름다움은 대자연의 경이로움 그 자체였다. 몽롱해져만 가던 경호의 정신은 퍼뜩 돌아왔지만, 오히려 그의 몸은 뻣뻣하게 굳어지는 듯했다. 최경호와 눈이 마주친 그 여인은 살짝 웃으며 눈인사를 했고 이내 다른 곳으로 사라져 버렸다. 최경호는 그 자리에 그저 앉아만 있을 뿐이었다.

다음 날 최경호는 오후가 되어서야 비로소 잠에서 깨어났다. 전

날 마서댄 술이 아직도 그의 머리를 지끈거리게 만들었지만 시원한 바람을 맞으면 그런 숙취도 금방 사라질 것 같았다. 그는 가방에 전공책을 한 권 넣고서는 학교 도서관으로 향했다. 상쾌한 바람이 그를 맞이했다. 그렇게 점점 도서관 건물로 다가가던 그때 도서관 앞 벤치에 어떤 금발의 여성이 걸터앉아 있는 것이 보였다. 그녀의 얼굴이 선명하게 눈에 들어온 순간 최경호는 자신도 모르게 그 자리에 멈춰 서버렸다. 그녀는 어제 파티에서 보았던 바로 그 금발의 여인이었다. 그녀는 최경호를 보더니 살짝 웃으며 그에게 인사를 건네왔다.

"안녕?"

최경호는 깜짝 놀라 미처 입을 열지 못했다. 그리고서는 그냥 어렵사리 앵무새처럼 따라 읊었을 뿐이다.

"아, 안녕?"

최경호와 제이니는 이렇게 만나게 되었다. 제이니는 최경호가 다니는 학교에 파견된 연구원이라고 했다. 때때로 강의를 맡기도 하지만 학교에 소속된 교수는 아니고 국책연구원으로 있는 것이라고 그녀는 설명했다. 전공은 경제학이고 현재 세계 경제의 흐름을 연구하는 것이 자신의 주된 역할이라고 했다.

제이니는 최경호보다 10살 정도 연상이었다. 남자에게 있어 연상의 여인이란 마치 등반가가 바라보는 히말라야처럼 한 번은 꼭 오르고 싶은 욕심이 생기는 그런 산과 같은 존재이리라! 최경호는 제이니의 달콤한 유혹에 빠져들었고 이제는 기숙사보다는 그녀의 집에서 통학하는 일이 더욱 잦아졌다. 그러면서 제이니는 자연스레 세상을 바라보는 그녀의 시각을 최경호에게 스머들게 하였다. 시간은 빠르게 흘러갔고 최경호도 어느새 졸업을 앞두고 자신의 미래를 선택하는 기로에 서 있던 그때, 어느 때와 같이 제이니와 함께 그녀의 침대에 누워 이런저런 이야기를 나누고 있었다.

"경호! 한국으로 돌아갈 거야?"

"글쎄, 솔직히 능력 있는 사람들은 다들 남아있으려 하지, 돌아가서 뭐하려고…. 그런데 그게 뜻대로 되는 게 아니니까 말이야."

최경호의 푸념 같은 말을 들은 제이니는 고개를 경호 쪽으로 돌리며 은근한 미소를 지었다. 그리고 슬며시 입을 열었다.

"경호가 미국에 남을 수 있게 도와줄까?"

"뭐, 정말? 어떻게?"

"호호호, 그런데 조건이 하나 있어."

최경호는 의아한 표정을 지으며 제이니를 바라보았다.

"경호는 반드시 M컨설팅 회사에 취직해야 해."

"M컨설팅?"

최경호는 믿기지 않는 표정으로 깜짝 놀라며 목소리를 높였다.

"제이니! 지금 나랑 장난하는 거야? 그거 아무나 들어갈 수 없는 최고의 회사잖아. 그런데 나를 미국에 남게 도와주겠다는 조건이 M컨설팅에 들어가라고? 그렇게만 된다면 내 꿈이 완전히 다 이뤄지는 거지!"

제이니는 별다른 대답 없이 은근한 웃음만을 짓고 있을 뿐이었다. 최경호는 솔직히 제이니의 말을 전혀 믿지 않았다. 그저 한국으로 돌아가고 싶지 않은 자신의 마음을 위로하기 위한 농담쯤으로 여겼을 뿐이었다. 하지만 제이니의 다음 말은 최경호를 더욱 놀라게 하였다.

"지금부터 내가 하는 말을 잘 들어. 나는 학교의 연구원으로 파견 나와 있지만, 원래 소속은 정부 관련 기관원이라는 걸 잘 알 거야. 그리고 내가 하는 일은 전에 말했던 경제 연구 말고 한 가지가 더 있어. 오히려 이게 더 중요한 일이라고 볼 수 있지. 그것은 바로 유능한 경제 컨설턴트를 발굴해 키우는 거야."

"경제 컨설턴트? 그런 걸 굳이 발굴해 키워야 할 이유가 있나?"

"호호, 경호! 그냥 컨설턴트는 아니고 경제 스나이퍼라고도 불리는 그런 인물들을 발굴해 내는 거지. 경호가 미국으로 유학 올 때부터 경호의 정보는 이미 우리나라의 정보기관에서 입수했고 경호의 성향이나 환경 등등을 고려하여 분석해 본 결과, 경호는 경제 스나이퍼에 어울릴 만한 사람이라고 판명되었지. 그러면 내가 투입되는 거야. 정해진 사람을 포섭해야 한다는 요청이 내가 소속된 기관으로 전해지고 이후에는 나와 같은 사람이 목표 인물에게 접근한 뒤, 정해진 시나리오대로 그 사람을 포섭하는 거지. 이미 다각도로 분석한 뒤 그 사람의 성향에 맞게 짜인 각본이므로 최소 80% 이상의 성공 확률을 자랑하지, 호호호."

제이니의 이야기를 듣고 있는 동안 최경호의 머릿속에는 지난 일들이 주마등처럼 스쳐 지나갔다. 자연스럽다면 자연스럽고 이상하다면 이상한 그런 애매모호한 순간들이 수없이 떠올랐다.

최경호가 학교 다니면서 가장 듣기 싫어했던 과목인 '시계열 분석 고급과정'과 '계량 경제학 고급과정' 수업을 듣던 당시에는 제이니가 마치 자기 일처럼 열심히 방과 후 과외를 해주기도 했다. 이것은 일견 자연스러운 일일 수도 있지만 한편으로는 그녀의 노력이 좀 과하다고 느껴지는 부분도 있었다.

최경호가 다시 제이니의 말에 귀를 기울였을 때 그녀는 이런 말을 하고 있는 중이었다.

"그래서 M컨설팅에 가서 일을 하겠다면 경호는 어렵지 않게 시민권을 얻을 수 있을 거야. 사실은 100%지."

"그런데, 왜 특별히 선발하는 거지?"

"호호호, 갈 거야, 말 거야?"

그날, 제이니는 여기까지만 말을 하고 최경호의 선택을 종용했다. 이미 성향 분석을 한 뒤에 접근이 이루어졌던 탓일까? 최경호는 그때 M컨설팅 회사에 가겠다는 결정을 내렸다. 그런데 왜 굳이 경제 스나이퍼라고 하는지 물었을 때에는 제이니는 이미 입을 다물고서 은은한 눈빛으로 그를 바라보기만 했다. 최경호는 더 이상 묻지 않았다.

M컨설팅에 입사함과 거의 동시에 미국 시민권도 발급되었다. 모든 건 제이니가 말했던 그대로였다.

국제기구의 비즈니스

M컨설팅사에 들어간 최경호는 정신없이 바쁜 하루하루를 보냈다. 이 나라, 저 나라를 돌아다니며 시계열 분석 기법들을 활용하여 경제성장 예상치를 만들어내고 그 자료를 가지고 그 나라의 최고위 공무원들 때로는 왕실 사람들을 설득하면서 닫혀 있던 경제의 문을 열게 했다. 그 열린 문으로 미국의 건설, 유통, 금융 등 다방면의 기업들이 파고 들어왔다. 회사 경영진들은 최대한 화려하고 복잡한 통계기법으로 경제 분석 리포트를 작성하는 것을 선호했다. 왜냐하면 복잡하고 화려해야만 상대국가의 경제 관료들이 별다른 이의를 제기하지 못하기 때문이었다. 최경호는 제이니에게 과외까지 받아가며 익힌 계량분석 기법들을 활용하여 누구보다 화려한 보고서를 만들었고, 그 결과 그가 접촉한 국가의 고위 결정권자들은 최경호의 의견에 거의 아무런 반박을 하지 못했다.

한 해, 한 해 이런 생활이 계속되면서 최경호는 M컨설팅사에서 점점 더 높은 직위와 고액의 연봉으로 보상을 받았다. 그런데 M컨설팅사에서는 한 가지 독특한 특징이 있었다. 그것은 최경호를 비롯한 몇몇 컨설턴트들에게만큼은 호신술을 비롯한 여러 운동을 교육

하는 시간을 의무적으로 할당했다는 점이다. 하지만 오래지 않아 회사의 깊은 뜻을 깨닫게 되었다. 한번은 최경호가 석유로 부국이 되어 있는 중동의 어느 나라에서 자신이 분석한 경제 자료를 가지고 그 나라의 왕실 사람을 만나 여느 때와 같이 열심히 설득 작업을 하였다. 그러나 이 나라의 왕세자는 미국을 아주 증오하는 인물이었고 그날 밤, 그의 경호대가 최경호가 묵는 호텔에 들이닥쳐 그를 습격하려 한 것이다. 극적으로 탈출에 성공한 최경호는 신속히 회사와 연락을 취해 무사히 귀국할 수 있었다. 이런 돌발상황에서 그동안 익혀왔던 여러 운동들이 적잖이 도움이 되었다.

일반인은 상상조차 할 수 없는 고액연봉 그리고 때로는 첩보영화를 방불케 하는 액션활극의 스릴. 그야말로 정신없이 일에 몰두하던 최경호는 자연스레 제이니와 멀어졌을 뿐 아니라 이제는 사실 기억조차 가물가물할 정도였다. 만약 최경호의 인생에 제이니라는 금발 미녀가 등장한 것이 짜인 시나리오였다고 한다면 자연스레 멀어진 이 상황 역시 최경호의 성향에 맞춰 짜인 정교한 각본이리라! 하지만 아무려면 어떠랴! 그는 적당한 스릴과 엄청난 연봉이 따르는 성격에 딱 맞는 행복한 생활을 지속하고 있었다. 그의 인생은 이미 어마어마한 성공을 거둔 것이다.

때는 1997년 11월 겨울, 최경호의 모국 대한민국은 IMF구제 금융을 받아들이겠다는 발표를 하였다. 최경호는 현재 미국 시민권을 가진 미국인으로 살고 있는 중이지만 근본은 한국사람이기에 이 사건을 유심히 주시할 수밖에 없었다. 게다가 한국이 아닌 미국에 살고 있었으므로 돌아가는 상황을 오히려 객관적으로 살펴볼 수 있었다. 최경호의 관점에서 봤을 때, IMF가 한국을 다루는 방식은 너무나 가혹하기 짝이 없었다. 게다가 이해할 수 없는 이상한 모습이 연출되기까지 했으니 조국을 바라보는 최경호의 마음은 그저 답답할 뿐이었다. 우선, 대통령 후보들의 각서가 그러했다. 한창 대선전이 불붙고 있던 그 시기에 대통령이 될 가능성이 높은 유력 후보들을 불러서 누가 대통령이 되더라도 IMF의 처방에 적극 협조하겠다는 각서를 미리 받아 두었던 것이다. IMF는 외교사에 유례가 없는 대통령 후보들의 각서를 받아내며 한국의 정치에까지 강력한 영향력을 행사할 수 있는 문을 열어젖혔다. 국제정치! 그 현실은 피 흘리는 칼싸움이지만 겉으로 주고받는 말은 누구보다 고상한 법이다. 캉드쉬 총재는,

"아무리 좋은 약이라도 환자의 받아들이려는 자세가 없으면 효과가 없다. 한국은 IMF가 주는 처방을 잘 따라야 한다. 착한 환자처럼 말이다."[16]

라는 부드럽고도 정확한 말을 하면서 날카로운 칼날을 대한민국의 심장을 향하여 정확하게 쑤셔 넣고 있었다. IMF와 대한민국의 협상. 그것은 이해할 수 없는 것 투성이었다. IMF는 위기국이 다시 외환보유고를 확충할 수 있도록 도와주는 것이고 이런 차원에서의 이행조건만을 제시하면 될 터인데 한국에 대한 IMF의 이행조건에는 이 밖에도 한은법 개정, 금융감독기구 통합법, 수입선 다변화 제

---

16) 발췌: 정규재, 『이 사람들 정말 큰일내겠군』, 한국경제신문사, 1998.

도, 무역 관련 보조금 폐지, 수입승인제 폐지, 수입증명절차의 간소화 등 외환에 대한 이슈를 넘어서는 그 이상의 주제들까지 포괄적으로 다루어지고 있었다. 코너에 몰린 대한민국은 도리없이 따르는 수밖에 없었다. 죽은 동물의 사체는 다른 동물들의 좋은 먹잇감에 지나지 않는다. 국제사회는 굶주린 하이에나들이 득실대는 정글 그 자체였다. IMF는 일반적인 이자에 더하여 매년 3%의 마진을 추가했고 게다가 이 마진 역시 매년 0.5% 포인트씩 올려 최대 5%까지 상승할 수 있도록 조건을 달았다. 세계은행 역시 양의 탈을 쓴 늑대와 같았다. 통상 대출금리인 리보+0.25%보다 4배나 높은 리보+1%의 금리를 챙겨갔다. 게다가 융자금의 2%에 달하는 6,000만 달러를 수수료로 먼저 떼갔다. 거기다 이들은 총액 30억 달러를 빌려주면서 2년간 2차 수수료라는 명목으로 1.5%인 4,500만 달러를 한국에 다시 부담시켰다. 즉, 이자를 제외한 수수료만으로도 1억 500만 달러(6,000만 달러+4,500만 달러)를 챙겨간 것이다. 이것은 마치 절박한 상황으로 몰린 기업가가 명동 사채업자들을 찾아가서 급전을 빌리는 것과 같은 그런 양상이었다.

브레턴우즈협정. 이때 IMF(국제통화기금)와 IBRD(국제부흥개발은행 혹은 세계은행)가 탄생되었다. 브레턴우즈협정의 총사령관은 뭐니 뭐니해도 존 메이너드 케인스와 해리 텍스터 화이트였다. 두 사람은 치열한 줄다리기를 하였다. 케인스는 세계화폐[17]의 구상을 밝히기도 했다.

---

17) 세계화폐의 축소판으로 유로화를 살펴볼 수 있다. 한때, 파운드화를 유로에 가맹시켜 단일 통화를 만들자는 유럽연합의 제안을 마거릿 대처가 과감하게 거절한 적이 있다. 그녀는 그렇게 하면 영국 정부가 자국 상황에 맞는 금리를 결정할 수단을 잃게 되어 결국에는 영국의 주권을 상실하는 결과만을 가져올 것이라 생각했던 것이다. 게다가, 외환 시장에서의 환율 변화는 그 나라 경제의 건강을 측정할 수 있는 좋은 지표가 된다고 주장했다.

이때 탄생한 IMF와 IBRD는 경제적으로 위기에 처한 나라들을 지원한다는 훌륭한 명분을 가지고 있었다. 하지만 한국과의 협상을 지켜보는 최경호로서는 이들 국제기구가 그들의 선한 목적을 성실히 달성하고 있다기보다는 어려운 국가를 상대로 장사를 하고 있다는 생각이 들었다. 미래가치가 기대되던 한국의 수많은 기업들은 헐값에 팔려나갔다. 최경호의 머릿속에는 자신과 같은 일을 하는 사람들이 비즈니스를 하기 위해 열심히 대한민국으로 불나방처럼 몰려드는 모습이 선명하게 그려졌다. 최경호는 눈을 감고서 한마디 내뱉었다.

"바보 같으니…."

막대기 두 개, 사선(/), 그리고 막대 사탕 하나!

1999년 11월 말, 학생 신분인 청년 알 시브는 그의 친구들 몇 명과 함께 아프가니스탄에 있는 알 카에다 칼단 훈련 캠프를 찾았다. 그들은 놀랍게도 오사마 빈 라덴으로부터 직접 환대를 받았고 상상치도 못한 그런 처우에 그저 황송할 뿐이었다.

"1988년 8월 11일이었을 거예요. 나와 나를 따르는 이들과 더불어 새로운 군사조직을 구성하기 위해 어떻게 해야 하는지 치열한 토론이 오고 갔지요. 이런저런 말들이 오가다 우리는 9월 10일, '알 카에다'라고 하는 조직을 만들고 이집트 출신 형제들이 중심이 되어 간부단을 꾸렸지요. 그리고 아랍 무자헤딘을 우리 조직으로 흡수시켜 지금의 알 카에다가 생긴 거예요."

청년들은 조용히 이 남자의 말에 귀를 기울이고 있었다. 빈 라덴! 그들의 우상이자 서방 종교로 치면 예수와 같은 그런 신격화된 존재였다. 그런 남자가 이토록이나 자신들을 환대하고 존중하며 그의 이야기를 들려준다는 이런 사실만으로도 이들은 벌써 기름통을 들고 불 속으로 뛰어들어 산화할 마음의 준비를 하고 있었다.

"1990년 이후 우리 훈련 캠프를 찾은 이들이 2만에서 6만 명 정도가 되는데 고된 훈련을 통과하여 실제 활동하는 이들은 4천 명 정도 되지요. 자금은 나의 상속 재산과 그 밖에 석유 부국들이라 할 수 있는 중동의 형제국가들이 비밀 후원을 해주고 있어요."

라덴은 잠시 말을 멈췄다가 자신을 마주한 4명의 청년을 둘러보며 물었다.

"혹시, KSM이라고 들어봤나요?"

KSM! 칼리드 셰이크 모하메드. 미 수사당국이 그를 부르는 호칭이 바로 KSM이었다. 이 사람 역시 이미 또 하나의 전설적인 인물이었다. 1993년 2월 26일, 파키스탄 청년 람지 유세프가 뉴욕 월드트레이드 센터를 폭파시키기 위해 트럭 테러를 시도한 적이 있었다. 하지만 이 테러는 건물의 지하주차장을 손상시키는 정도에서 끝이 나버렸다. 그러나 주목해야 할 점은 바로 미국의 상징적 건물을 직접 가격했다는 것이다. 이것은 그의 삼촌 칼리드 셰이크 모하메드의 아이디어였던 것으로 알려진다. 그는 이미 미국의 심장부를 공격하고자 하는 발상을 꾸준히 키워오고 있었던 것이다. 그는 월드트레이드 센터 폭파 사건 이후 도피생활을 하고 있던 그의 조카 유세프를 데리고 필리핀으로 가서 보진카 사건을 새롭게 기획했다. 이것은 12대의 미국 여객기를 태평양 상공에서 이틀에 걸쳐 폭파하려고 하는 것으로서 그들은 마닐라의 아파트에 거주하면서 열심히 폭탄에 장착될 화학물질들을 모아 나갔다. 그들의 테러 대상이 될 비행기 중의 일부는 서울을 향하는 항공기도 포함되어 있었다. 만약, 보진카 계획이 성공을 했다고 한다면 수많은 한국인이 희생되었을 것이다. 이들은 유사한 계획들을 계속 구상하며 한 단계, 한 단계 머릿속 생각들을 현실화시키고 있었다. 그들은 1994년 12월 11일, 마닐라에서 도쿄로 향하는 필리핀 항공 434기를 대상으로 폭파 테러를 드디어 감행했다. 재료가 되는 물질이나 부품들을 따로따로 챙겨서 탑승한 뒤, 기내 화장실에서 시한폭탄으로 조립하여 좌석 밑에 숨겨두었고 비행기는 이들을 중간 기착지인 세부에서 내려준 뒤다시 날아올라 얼마간을 가다가, 오키나와 상공에서 폭파해 버린것이다. 그나마 다행인 것은 폭탄이 소형이었고 조종사들이 잘 훈련되어 있어서 오키나와 공항에 비상 착륙하는 데 성공했다는 것. 그러나 폭탄이 설치된 좌석 주변의 일부 승객들은 붉은색 화염 속에서 검은 잿더미로 변해 버렸다.

필리핀 경찰은 이 사건을 수사하여 KSM과 유세프가 머물던 아파트를 덮쳤고, 그곳에서 사제폭탄과 컴퓨터에 있던 각종 자료들을 확보하는 소기의 성과를 올리긴 했으나 이미 KSM과 유세프는 그곳을 떠난 뒤였다. 하지만 유세프는 미국 당국에 의해 200만 달러의현상금이 걸렸고 1995년 1월 7일, 이슬라마바드에서 파키스탄 당국에 의해 체포되었다. 미국으로 호송된 그는 종신형을 선고받아 콜로라도의 테러범 전용 교도소에 갇혀 있다. KSM도 이곳저곳을 떠돌아다니다가 아프가니스탄으로 가게 되었는데 이곳에서 오사마 빈라덴과 KSM은 서로 조우하게 된다.

"그때, 그는 내게 강력하게 주장했어요. 비행기 10대를 납치하여미국의 국방부, CIA, FBI, 핵발전소, 월드트레이드 센터 등 주요시설들을 공격하고 KSM 자신은 마지막 10번째 비행기를 직접 조종하여 공항에 착륙한 뒤 중동에 대한 미국의 정책을 비난하는 성명을 발표하겠다고 말이죠. 그리고 그 효과를 마지막까지 극대화하기 위해 성명 발표 후 남자 승객들을 모두 죽이고, 여자와 아이들만 풀어 주겠다는 게 그의 생각이었죠."

라덴은 자신의 이야기를 경청하고 있는 청년들을 둘러보며 은은한 미소를 지어 보였다.

"하지만 그때는 나도 여유가 없던 때라 그런 거창한 계획을 실행에 옮기기 어려웠어요. 현실적으로 말이죠."

라덴은 다시 말을 잠시 멈추었다가 천천히 이어 나갔다.

"하지만 이제는 달라요. 우리는 거룩한 성전을 치를 준비가 되어 있어요. 우리는 정예요원을 특별히 선발해서 준비 중이죠. 칼리드 알 미드하르, 나와프 알 하즈미, 칼라드, 아부 바라 알 예메니 이렇게 4명을 심사숙고해서 뽑았어요. 그런데 문제는 이들이 서방생활에 문외한인 데다 영어가 되지 않는다는 거예요. 전사로서의 정신상태나 육체는 훌륭하지만 말이죠. 게다가 칼라드와 예메니는 비자가 계속 거부되고 있어요. 그래서 계획에 약간의 차질이 생겼지요."

라덴은 웃으면서 청년들의 눈을 한 명씩 맞추었다. 라덴의 이야기를 듣고 있던 청년들은 지금 자신들이 왜 라덴으로부터 환대를 받았는지 느낄 수 있었다. 모하메드 아타는 이집트 중산층으로 아버지는 변호사였다. 람지 빈 알 시브는 예멘국제은행 은행원 출신이었고, 지아드 자라는 의대(치과)를 다닌 레바논의 부잣집 아들, 마르완 알 세히는 아랍에미리트 군사사관학교 장학생이었다. 즉, 지금 알 카에다는 서방에서도 자유롭게 공작을 펼칠 수 있는 소위 브레인으로 분류될 만한 요원들이 절실히 필요한 상태였다. 이들은 미국에 대한 증오를 불태우며 지하디스트로서의 굳은 결의를 다지고 있었다. 사실 이들처럼 젊은 지식인들 사이에 극렬 투쟁가가 되어 어떤 신념을 위해 목숨을 버리는 행동을 하는 경우는 종종 있는 일이다. 자신의 재능과 인생을 인류를 위해 더 정확하게 그리고 더 유용하게 활용했으면 좋으련만, 때때로 젊음의 열정이란 자신의 눈을 멀게 만드는 독이 되기도 한다는 것은 참으로 안타까운 현실이 아닐 수 없다. 알 카에다로서는 청년들의 이런 순수한 마음을 자양분 삼아 그들의 집단살인계획을 한걸음, 한걸음 현실화시킬 수 있었다.

2001년 8월 29일 새벽 2시 30분, 독일 함부르크에 있던 람지 빈 알 시브는 미국의 모하메드 아타로부터 전화를 받아,

"막대기 두 개, 사선(/), 그리고 막대 사탕 하나"[18]

라는 암호를 전달받았다. 이것은 '11/9' 다시 말해 그들이 준비했던 계획을 9월 11일 날 결행한다는 의미였던 것이다.

---

18) 발췌: 정의길, 『이슬람 전사의 탄생』, 한겨레출판사, 2015.

2001년 9월 11일, 4대의 민간 항공기들이 테러범들에 의해 납치

첫 번째 비행기 - 오전 8시 46분 WTC(뉴욕 세계무역센터) 제1 건물

에 충돌

두 번째 비행기 - 오전 9시 3분 WTC 제2 건물에 충돌

세 번째 비행기 - 오전 9시 37분 펜타곤에 충돌

네 번째 비행기 - 오전 10시 3분 펜실베이니아 주 피츠버그 동

남쪽 80마일 지점 평야에 추락(기내에서 WTC가 항공기 자살테러에 의

해 공격받았다는 사실을 알게 된 승객들이 자신들이 타고 있는 비행기도 테러에

이용될 것을 알고서 테러범들과의 결사 항전 끝에 도중에 추락함)

최경호가 한국에 온 지 벌써 10년이 넘었다. 좋은 스펙에 인맥도
탄탄했던 최경호는 한국에서 어렵지 않게 교수 자리를 얻어 학생들
을 가르치고 있었다. 이곳에서 그는 과거 세계 경제라는 무대에서
활발히 활동하던 것과는 달리 한 발짝 벗어나 최대한 객관적으로
세상을 바라보려 하였다. 미국에 있을 때 가까운 곳에서 마주해야
했던 9·11테러는 최경호에게 크나큰 충격을 안겨주었다. 그는 미국

을 향한 이들의 증오가 어쩌면 자신이 하고 있던 일과 깊은 연관이 있을 수도 있다는 직감을 하게 되었다.

아직은 전반적으로 낙후되어 있지만 석유나 혹은 다른 지하자원이 풍부하여 달러를 벌어들인 나라들을 대상으로 자신과 같은 이들이 여러 가지 통계적 기법을 활용하여 만든 더 나은 미래를 보여 주는 자료를 가지고 그 나라에 투입된다. 그리고 그 나라의 지도자를 만나 설득을 하고서는 투자를 이끌어 낸 뒤, 그 나라에 인프라를 구축하기 시작한다. 그 일을 담당하게 된 미국의 여러 회사들이 그곳에서 공사를 하고 그들로부터 다시 달러를 회수해 간다. 사업의 크기는 점점 확장되어 이제 그들로 하여금 부채를 써서라도 개발 사업을 계속 진행시키도록 그 나라의 지도자들을 설득하고 그 부채는 이자와 함께 점점 불어나 해당 국가를 옭아매는 역할을 한다. 참으로 교묘한 경제적 권모술수였다. 때로는 그 국가의 지도자가 경제 스나이퍼들의 의견을 받아들이지 않을 때가 있다. 그러면 자칼이라고 불리는 자들이 투입되어 그 지도자들에게 위해를 가하기도 한다. 그렇다고 제3세계 국가가 복수를 위해 강대국을 대상으로 먼저 전쟁을 일으킬 수는 없다. 그래서는 패배할 것이 너무도 분명하기 때문이다. 하지만 테러라면 이야기는 좀 달라진다. 어차피 전면전으로 이겨낼 수 없다면 측면전이라고 할 수 있는 치고 빠지기식의 테러를 통해 보복을 할 수 있는 것이다. 비록 강대국들을 향해서 완전히 이기는 것은 불가능하지만 테러리즘이라는 수단을 통해서 부분적으로나마 승리를 얻어내고 배후가 누구인지 애매하게 만든다면 그 나라로 하여금 쉽사리 움직이지 못하게 만드는 효과까지 있으니 시도해 볼 만한 묘책이 되는 것이다. 여기까지가 최경호가 한국으로 돌아올 당시에 직관적으로 내린 결론이었다. 하지만 이것은 임시적인 결론에 불과했다. 테러를 강대국의 경제적 반칙행위에 대한 정의로운 대항처럼 생각할 수는 없기 때문이었다. 게다가 세계화라고 불리는 개방경제의 확장 과정도 매사 어두운 측면만 있다고 볼 수는 없었다. 그는 이제 한국에서 더 자세히 세계를 들여다볼 참이었다. 그렇게 하려고 교수 자리를 치고 들어갔고 학생들을 가르칠 때를 제외하고서는 연구실에서 일일이 자료를 살피며 연구를 계속할 계획을 세웠다. 이것은 누구의 간섭도 없이 혼자서 파고드는 진짜 연구, 진짜 공부였다!

다잉메시지와 우회상장

한국대학교 경제학과 건물 옥상에는 단도를 든 공갈현과 그 맞은편에 석청강, 표동수 그리고 최경호 교수가 있었다.

"교수님, 어떻게 여기로 오신 거예요?"

석청강이 물었다.

"아, 저쪽에 비상계단이 하나 더 있어."

공갈현의 단도를 음료수병을 던져 막아낸 최경호의 운동신경에 석청강과 표동수는 아직도 꽤나 놀라고 있었다. 교수라고 해서 그저 책만 열심히 읽은 책벌레일 거라고 생각했는데, 그런 선입견은 완전히 깨져 버렸다. 예상치 못한 상황에 공갈현 역시 상당히 당황했다. 하지만 본능적으로 우선 시간을 끌면서 상황판단을 해야겠다고 생각한 공갈현은 석청강을 향해 물었다.

"이봐, 청강! 너는 왜 형님을 배신했지?"

공갈현의 물음에 석청강은 쓴웃음을 지었다.

"배신이라고? 그건 두성문에게나 해줄 말이지."

"뭐라고?"

"내 아버지 이름이 바로 석세창이다!"

석청강의 한 마디에 공갈현은 움찔하는 표정을 지었다. 석세창. 그는 어릴 적 영등포 일대를 떠돌며 구두닦기를 하던 거지소년으로, 그곳을 중심으로 세력을 모아 미래파라는 조직을 만들어 전국구 조직으로 거듭나게 한 주먹계의 전설이었다. 번창했던 그 조직이 '범죄와의 전쟁'이라는 한국 정부의 대대적 정리 작업으로 인해 상당히 위축되었고 그런 와중에 석세창은 그보다 후배인 사업가 두성문을 만나 함께 힘을 합치게 되었던 것이다. 두성문은 석세창의 물주가 되는 대신, 석세창은 두성문의 건설사업이 번창하도록 뒤에서 여러 가지 공작을 해주는 공생관계를 형성한 것이다. 어려운 시기를 그들 나름대로 상부상조하며 잘 버텨낸 셈이다. 건설사업을 하는 두성문에게 있어서 한때 전국구 건달이었던 석세창의 명성은 많은 도움이 되었다. 둘의 공생관계는 수년간 계속되었다.

어린 석청강은 어느덧 고등학생이 되었다. 그의 아버지 석세창은 청강이 주먹세계에 몸담는 것을 원치 않았고 석청강 역시 그런 곳에 별다른 관심을 두지 않았다. 하지만 뜻하지 않은 사건이 벌어졌다. 석청강이 학교에서 야간 자율학습을 마치고 돌아온 어느 날 석청강의 아버지 석세창은 사방에 피를 뿌린 채로 죽어 있었던 것이다. 서재에 앉아 있었던 것으로 보여지는 석세창은 왼손은 책상 아래쪽 무릎 위에 걸쳐 있었고 오른손은 컴퓨터 마우스에 가 있었으며 얼굴은 책상 위에 놓여 있던 노트북 키보드 위에 피를 토한 채 기대어 쓰러져 있었다. 서재의 바닥에는 피가 묻어있는 골프채 하나가 떨어져 있었다. 이것은 석세창의 방으로 통하는 통로 한쪽에 세워진 골프클럽세트에서 범인이 꺼낸 것이리라.

석청강에게는 어머니가 따로 없었다. 아마도 석세창과 사랑놀이를 즐기던 화류계 마담의 아들쯤일 것이라고 스스로 생각하고 있었다. 아버지 역시 따로 어머니를 언급한 적은 없었고 그렇게 아버지와 아들 둘이서 그동안 살아왔던 것이다. 하지만 석청강이 별로 외로움을 느낄 틈은 없었다. 아버지의 동생들이라 불리는 거구의 삼촌들이 매일 드나들며 놀아 주었기 때문이다. 이런 분위기 속에서 자라던 석청강이 아버지의 독특한 습관을 눈치챈 것은 중학교 3학년 때쯤이었다. 아버지의 책상 위에는 네 개의 구획으로 나누어진 조그만 투명 색의 플라스틱 통이 있었다. 마치 여러 종류의 약을 먹어야 하는 노인들이 들고 다니는 몇 개의 구획으로 나누어진 플라스틱 약통처럼 생긴 것이었다. 네 개의 공간으로 나누어진 그곳에 아버지는 은반지를 하나씩 놓아두고는 했는데, 그 위치가 매일 조금씩 달랐다.

어떤 날은 은반지가 플라스틱 통 첫 번째 칸에 들어가 있었고, 다른 날은 세 번째 칸에 들어가 있고 하는 식이었다. 아버지가 그 반지를 손에 끼우고 다니는 것을 별로 본 적이 없던 석청강으로서는 굳이 반지의 위치를 그날그날 바꾸는 아버지의 의도가 이해되지 않았다. 하지만 워낙 사소한 일이었으므로 신경 쓰지 않은 채 지나온 것이다. 그런데 그 의미를 석청강이 중3 때쯤에 자연스레 깨닫게 되었다.

그것은 아버지가 그날 만나는 사람이 누구인지를 알려 주는 것이었다. 예를 들어, 석청강의 할머니나 석청강의 큰아버지 등 가족을 만나러 나가거나 혹은 친척들이 집으로 오는 날에는 그 은반지가 첫 번째 칸에 들어가 있었다. 그리고 가족은 아니지만 가까운 사람, 즉 석세창의 죽마고우나 혹은 자신의 심복부하들을 만날 때에는 플라스틱 통 두 번째 칸에 은반지가 놓여 있었고 사업상 관계있는 사람을 만날 때는 세 번째, 그밖에 술집 마담이나 여자들을 상대할 때는 네 번째 칸에 은반지를 넣어두는 식이었다. 만약, 가까운 친구들이 놀러 오기로 되어 있는 동시에 잠깐 사업상 누군가를 만나러 나갔다 올 일이 있는 그런 날에는 은반지 두 개가 플라스틱 통 두 번째, 세 번째 칸에 들어가 있었다. 이런 방법으로 자신의 행적을 암호처럼 메시지로 남기는 습관이 있었던 것이다. 자신의 아버지가 그런 식으로 메시지를 남기는 이유는 첫째, 타고난 성격 때문일 것이다. 둘째, 아마도 본인이 하는 일이 많은 원한을 사는 일이었기 때문으로 생각되었다. 즉, 지인들 중 누가 배신할지 모르는 그런 상황 속에서 혹시 자신에게 무슨 변고가 생기면 자신이 남겨둔 메시지를 통해 용의자를 대폭 줄일 수 있을 것이고 반드시 범인을 찾아내어 복수를 해달라는 의미일 것이다. 그렇다면 이 메시지에 대해 아는 사람이 또 있을까? 그것까지 어린 석청강이 알 수는 없었지만 분명한 것은 본인이 조금 더 나이가 들어 어른으로 성장한다면 아버지는 자신에게 그 의미에 대해 이야기를 해주었을 것이라는 확신이 들었다. 아버지의 복수를 아들보다 더 열심히 해줄 사람이 과연 누가 있겠는가? 아니, 어쩌면 아버지는 군이 말해줄 필요가 없다고 생각하고 그동안 이것에 대해 아무 말도 하지 않은 것일 수도 있다. 왜냐하면, 석청강의 영리함을 석세창이 누구보다 잘 알았기 때문이다.

아버지의 시체를 처음 목격한 날, 석청강은 먼저 은반지의 위치를 확인했다. 그것은 플라스틱 통 세 번째 칸에 들어가 있었다. 이는 사업적으로 긴밀한 관계를 가진 사람을 의미했다. 석청강은 아버지의 성격상 즉사하지 않았다면 반드시 어딘가 단서가 될 만한 또 다른 흔적을 남겼으리라는 생각이 들었다. 깊어진 밤의 짙은 하늘이 석청강의 마음을 짓눌러 왔다. 숨 쉬는 것조차 힘이 들었지만, 석청강은 조심스레 아버지의 시체 곁으로 다가가 노트북의 마우스를 살짝 건드렸다. 컴퓨터의 화면보호기가 사라지며 모니터에는 아버지가 마지막으로 보고 있던 화면이 눈에 들어왔다. 그것은 한글 파일로 작성된 어떤 서류였다. 아마도 사업과 관련된 것임에 틀림없었다. 10페이지 정도의 한글 파일의 서류는 아직 고등학생인 석청강으로서는 정확히 이해가 되지 않았다. 단지 막연하게 건설 관련 리포트였다는 것만 알 수 있을 뿐이었다. 석청강은 조심스레 커서를 움직여 한글 파일의 페이지를 앞·뒤로 넘겨보았다. 다른 페이지에는 별다른 이상한 점은 없었다. 이상한 것이 있다면 노트북 화면이 켜졌을 때 제일 처음 보였던 페이지의 끄트머리에 무작위 하게 찍힌 듯한 알파벳이 몇 자 있던 것뿐이다.

enq23waaaaaaaaaaaa

위와 같은 의미를 알 수 없는 영문자 배열이 찍혀 있었다.

신고를 받고 출동했던 경찰은 이를 단순 강도사건으로 정리했고 이 문자는 아마도 둔기를 얻어맞은 석세창의 머리가 키보드 위에 떨어지면서 무작위로 찍혀 버린 것으로 정리했다. 석세창이 살아온 길 자체가 워낙 원한을 많이 산 일들을 했으므로 누군가 계획 살인을 했을 것이라 쉽게 짐작할 수 있었지만, 지문과 같은 결정적 단서가 나오지 않은 상황에서 경찰로서도 범인을 잡는다는 것이 쉽지 않았던 것이다. 게다가 원한관계가 있는 사람을 용의자로 샘플링한다고 해도 어디 한둘이겠는가? 결정적 증거가 없는 상황이라면 단순 강도로 정리해 버릴 수밖에 다른 도리가 없었던 것이다. 게다가 석세창의 심복들 역시 경찰수사의 칼날이 깊이 들어와 그들의 다른 범죄가 엮여서 드러날 가능성을 염려했다. 그러다 보니 이 사건이 그냥 조용히 지나가기를 간절히 바라고 있다는 것이 어린 석청강의 눈에도 확연히 느껴졌다. 하지만 아버지의 성격을 잘 아는 석청강으로서는 같은 현장을 놓고 다른 사람들과 전혀 다르게 보였다.

우선, 아버지의 은반지가 용의자를 대폭 줄여 주었다. 현재까지 사업관계로 가장 활발히 만나는 사람은 건설회사 사장 두성문이었다. 그리고 석청강은 의미를 알 수 없는 무작위처럼 보이는 알파벳에 분명 아버지의 의도가 숨어 있다고 판단했다. 그것은 아버지의 성격을 가장 잘 아는 석청강만이 가질 수 있는 확신이었다. 석청강은 'enq23waaaaaaaaaaaa'라고 찍혀 있는 모니터 상의 문자와 키보드를 번갈아 보았다.

이것에 대해 아버지의 장례를 치르는 동안에도 거듭 생각했다. 분명, 경찰의 말대로 아버지의 머리가 노트북 키보드 위에 떨어지면서 생겨난 무작위의 알파벳처럼 보이긴 했다. 그러나 한편으로는 분명 아버지 석세창의 메시지가 담겨 있을지 모른다는 예감이 지워지지 않았다. 아버지의 장례를 치른 마지막 날, 그는 홀로 방 안에 들어와 노트북에 묻은 아버지의 피를 물티슈로 닦아내고 있었다. 그러다가 석청강은 문득 한 가지 생각이 그의 머리를 때리고 지나는 것을 느낄 수 있었다. 그것은 키보드 자판의 위치였다.

노트북에 있던 한글 파일 화면에는 'enq23waaaaaaaaaaaaa'라고 찍혀 있었는데 이것이 무작위로 찍히기에는 조금 어색한 부분이 있다고 생각되었다. 그것은 다름 아닌 알파벳 'n' 때문이었다. e, q, 2, 3, w, a는 모두 비슷한 위치에 있으나 'n'만큼은 꽤나 떨어져 있었던 것이다. 둔기에 맞아 의식을 잃고 떨어진 석세창의 머리는 분명 컴퓨터 자판을 놓고서 봤을 때 왼쪽 대각선, 즉 10시 방향에 있었고, 한 손은 책상 아래쪽 다리 위에, 다른 손은 마우스 쪽에 가 있었는데 'enq23waaaaaaaaaaaaa'이 우연히 찍힌 것이라고 한다면 알파벳 'n'은 대체 어떻게 찍힌 것일까? 생각이 여기에 이르자 석청강은 이것은 아버지가 남겨놓은 범인을 암시하는 메시지라는 것을 확신할 수 있었다.

그는 그때의 상황을 이렇게 정리했다. 아버지는 누군가 자신의 집을 방문하기로 되어 있는데 그가 사업상 관련된 인물이었으므로 은 반지를 세 번째 칸에 두었던 것이다. 잠시 후 약속된 시간에 사업 파트너가 찾아왔고 그와 사업 관련 이야기를 나누었다. 그러면서 컴퓨터를 가지고 이것저것 사업 관련 자료들을 함께 검토했을 것이다. 검색도 하고 서류도 살피고…. 한글 파일을 열고 함께 서류를 검토하면서 아버지는 어느 때의 습관처럼 자신이 만난 사람을 암시하는 메시지를 한글 파일로 된 서류 한 귀퉁이에 자판을 찍어 표시를 한 것이다. 그것이 바로 'en'이었다. 컴퓨터 영문자 'en'은 한글로 변환시켜 찍게 되면 'ㄷ'과 'ㅜ'이다. 즉, '두'가 되는 것이다. 석청강은 바로 이것이 두성문을 의미한다고 생각했다. 그날 찾아왔던 두성문이 아무일 없이 그냥 간다면 'en'이라는 글자는 그냥 지우면 되는 것이고 혹시 무슨 일을 벌어서 석세창에게 변고가 생긴다면 이것은 그 자체로 다잉메시지(Dying Message)[19]가 되는 것이다. 두성문과 함께 한글 파일로 된 서류를 검토하면서 두성문이 만약 한쪽 귀퉁이에 찍혀 있는 'en'이라는 글자를 발견해 '이게 뭐냐?'고 묻더라도 뭔가 잘못 찍힌 것 같다고 얼버무리기에도 전혀 문제가 없다. 즉, 석청강은 'q23waaaaaaaaaaaa'은 둔기를 맞은 아버지의 머리가 떨어지면서 우연히 생긴 글자이겠으나 앞에 'en'만큼은 아버지 석세창이 의식이 또렷할 때 예의 그 습관대로 자신이 누구를 만나는지 그 흔적을 남겨둔 것이라고 판단한 것이다. 하지만 이런 이야기가 경찰수사의 결과를 바꿀 리가 만무했다. 이것은 어디까지나 아버지의 습관

---

19) 살인 사건의 피해자가 죽어 가면서 남기는 전언.

을 잘 아는 아들 석청강만이 내릴 수 있는 결론이었다. 오래지 않아 아버지의 조직원들은 자연스레 두성문의 부하가 되었고, 두성문은 명실공히 사업자 겸 조직폭력단의 최고 두목이 되었다. 석청강은 아무도 모르게 아버지의 복수를 다짐하며 두성문의 조직으로 들어왔고 이곳에서 자신과 또래급인 표동수와 깊은 인연을 맺게 된다.

석청강의 아버지 석세창은 마지막에 두성문으로부터 배신을 당한 것이다. 두성문의 건설회사가 빠른 시일 내에 클 수 있었던 것도 석세창의 조직이 뒤에서 받쳐 주었기 때문이었다. 수완이 좋았던 두성문은 사업이 커지면서 돈을 이용해 석세창 주변의 조직원들을 상당수 자기 사람으로 만들었으며 더 이상 석세창이 필요 없다고 판단한 순간 그는 직접 석세창을 찾아가 살인을 저지른 것이다. 때는 겨울이었으므로 가죽 장갑을 끼고 찾아온 두성문의 모습은 어색할 이유가 전혀 없었다. 석세창의 서재로 가는 통로에 골프채 세트가 있다는 것은 전에도 온 적이 있었으므로 이미 알고 있었다. 채를 하나 꺼내 들고서는 골프 이야기로 적당히 분위기를 녹이는 척하다가 자연스레 사업 이야기로 화제를 돌렸고 관련 서류를 보고 싶다고 했을 것이다. 석세창이 자료가 저장된 한글 파일을 열고 살피기 시작했고 바로 그때 석세창의 뒤통수를 두성문이 골프채로 내려찍은 것이다. 그리고 두성문은 좀도둑의 짓으로 보이게 하기 위해 집 안에서 적당히 값나가는 귀금속류를 훔쳐 달아난 것이다. 노후한 아파트의 오래된 CCTV는 사람의 얼굴을 식별하는 데 아무런 도움이 되지 못했다. 더구나, 모자챙이 넓은 중절모를 쓴 사람의 모습은 그 얼굴이 카메라에 찍힐 틈이 전혀 없었다. 이것이 사건의 전말이었다. 석세창의 조직은 자연스레 미래파에서 성문이파로 바뀌었다. 두 성문이 처음부터 이런 계획을 가지고 있었다면 석세창은 보기 좋게 두성문에게 이용만 당하고서는 버려진 셈이었다.

우회상장. 백도어 리스팅(Backdoor Listing)이라고도 불린다. A라는 회사는 자금력은 풍부하지만 자격 요건이 미달되어 아직 상장하지 못하고 있고, B라는 회사는 거래소나 코스닥에 상장은 되어 있지만, 현재 자금난에 빠져 있다고 할 때 둘이 합병하여 서로의 목적을 달성하는 경우, 이것을 우회상장이라고 한다. 이 경우 자금력은 있으나 자격이 미달되던 회사를 펄(Perl-진주)이라 부르고 상장은 되어 있었으나 자금이 바닥나 있던 회사를 쉘(Shell-조개껍데기)이라고 부른다. 우회상장은 두 회사의 핸디캡을 잘 극복하여 효율적으로 목적을 달성할 수 있는 유용한 방법임에 틀림없으나, 한편으로는 이 방법을 통해 꼼꼼하게 진행되는 상장심사를 회피하고자 하는 작전 세력들의 도구로 전락하기도 한다. 작전 세력이 가장 염려하는 것은 자신들이 특정 회사의 주가를 어렵사리 올려놓았는데 갑자기 그 회사의 대주주가 주식을 팔아 치우는 것이다. 그러면 그 이익의 대부분이 주식을 팔아 치운 대주주에게로 귀속되어 버리게 되고 본인들은 말 그대로 죽 쒀서 남에게 갖다 바친 꼴이 되기 때문이다. 그래서 보통 작전 세력은 대주주들과의 결탁을 하는 경우가 많다. 하지만 이보다 더 확실하고 편리한 방법은 본인들 스스로가 대주주가 되는 것이다. 그러면 이런 염려는 완전히 사라지게 되는데 그렇게 하기 위한 가장 편리한 방법이 바로 우회상장이다. 상장된 기업을 그냥 매수하는 것보다 훨씬 더 저렴하고 동시에 당국의 규제도 상당 부분 피할 수 있기 때문이다. 이렇게 대주주가 되고 나면 이 기업에 대한 악재나 호재를 대주주가 된 자신들이 마음대로 조절할 수 있게 되고 내부정보에 대한 조작도 가능하게 된다. 즉, 우회상장에 대한 뉴스를 접할 때에는 이런 식의 위험이 있을 수 있다는 것을 염두에 두고 분석해야 한다.

최경호가 한국으로 돌아와 교수 일을 시작한 지도 어느덧 10년이라는 긴 세월이 흘렀다. 자신이 그동안 가지고 있던 세계관에 대한 재점검이 절실했던 만큼 처음 교수 일을 시작했을 때는 스스로도 좀 혼란한 상태였다. 그러다 보니 학생들을 대상으로 경제학을 가르칠 때마다 한마디, 한마디가 조심스러웠다. 특히 이제 막 지성인으로서 걸음마를 떼는 1학년생들을 대상으로 강의를 할 때는 더더욱 조심스러웠다. 어린 학생들에게는 교수가 하는 한마디, 한마디가 그들에게 미치는 영향력이 얼마나 큰지 너무나 잘 아는 최경호였다. 자신도 제이니로부터 들었던 이야기들이 그의 인생에 얼마나 큰 영향을 미쳤었던가! 제이니의 가르침은 돌이켜 보면 맞는 것도 있고 틀린 것도 있었다. 사실, 세상의 일이라는 것은 대부분이 모순투성이다. 아무리 훌륭한 주장도 맞는 것과 틀린 것이 공존할 수밖에 없다.

"교수님은 고전학파세요, 케인지언이세요?"

1학년 경제학 수업이니만큼 질문도 신입생다운 원초적이면서도 신선한 느낌이 있었다. 최경호는 생각하기에 따라서는 이런 질문이

답하기가 더 어렵다고 느꼈다.

"허허, 글쎄, 고전학파일까, 케인지언일까?"

교수님의 이야기가 시작되자 학생들은 더욱 집중해서 귀를 기울였다.

"사실, 고전학파라든가, 케인지언이라든가 이런 건 크게 의미를 둘 필요가 없어요. 세상의 흐름에 따라서 맞기도 하고 틀리기도 하는 거니까. 그보다는 오히려 경제적 자유와 그것에 영향을 미치려는 인간의 의도라고 구분지어 보는 게 더 낫겠다는 생각을 해봐요. 고전학파는 경제적 자유, 케인지언은 인간의 의도 이렇게 나누겠다는 뜻이 아니에요. 고전학파든, 케인지언이든 경제적 자유의 영역과 인간의 의도는 함께 존재한다는 거죠. 이렇게 접근하는 게 훨씬 명확할 거예요. 즉, 인간의 의도가 어디까지 미치고 있는지만 파악하면 나머지는 경제의 자유로운 흐름이라고 생각하면 되겠죠."

최경호 교수는 강의할 때마다 즐겨 마시는 광동 옥수수 수염차의 페트병 뚜껑을 돌려서 개봉한 뒤 그의 입으로 가져갔다. 입안에서부터 퍼져 나가는 구수한 맛이 식도를 타고 들어가 온몸 구석구석 전해지는 듯했다. 최경호로서는 작지만 포기할 수 없는 짜릿한 쾌감이었다.

"저는 원래는 국가 지도자를 고객으로 하는 경제 컨설턴트였어요. 그 나라의 여러 가지 상황들을 통계적 기법을 활용하여 잠재가치를 측정한 뒤, 이를 근거로 그 지도자에게 투자를 독려했지요. 여기까지는 좋은 일이에요. 왜냐하면, 이러한 투자가 일어나면서 그 나라는 발전하고 외국인 투자자들도 들어와 경제의 파이는 훨씬 커지게 되니까요. 그리고 낙후된 지역들은 하나하나 첨단화된 모습으로 바뀌게 됩니다. 여기까지는 세계의 모든 나라들이 서로의 이익을 주고받으며 원원할 수 있는 좋은 구조입니다. 하지만 여기서 인간의 의도, 즉 욕심이 개입될 가능성이 높아지죠. 솔직히 나도 자신도 모르는 사이에 탐욕을 좇는 그런 일을 해왔던 거예요."

최경호 교수의 이야기를 듣고 있는 학생들은 그로부터 눈을 떼지 못했다. 이런 이야기를 꺼낼 때마다 최경호는 입속에 쓴 물이 흘러다니는 듯했다. 그런 기분을 떨치기 위해 얼른 옥수수 수염차를 한 모금 더 삼키며 그의 고백을 이어 나갔다.

"저는 과학적 예측을 넘어선 과장된 전망을 이야기하며 그 나라 지도자들에게 IBRD나 IMF의 차관을 더 많이 얻도록 만들었죠. 하지만 시간이 흘러 경제성장이 한계에 부딪힌 나라들은 그들이 빌린 돈을 다 갚지 못하는 상황에 처하게 됩니다. 그러면 돈을 빌려줬던 이들은 돈 대신 그 나라의 지하자원 및 핵심자산들을 양도받게 되지요. 지금 이 부분이 제 관점으로는 인간의 의도가 시장의 자유를 침해해서 생긴 왜곡된 결과라고 본다는 거예요.

경제위기를 맞은 나라가 IMF에 구제 금융을 요청하게 되면 IMF는 그 나라를 도와주는 조건으로 그 나라에게 고금리 정책을 하게끔 유도하지요. 외환이 순식간에 빠져나가고 있는 상황에서 그러한 정책은 일리 있는 접근이기는 해요. 매일매일 빠져나가는 외환을 잡아 두어야 할 테니까. 하지만 여기에도 경제적 자유를 침해하는 인간의 의도가 개입될 수 있지요. 위기상황에서의 적정 금리라는 게 어느 정도인지 쉽게 말할 수는 없겠지만 그렇다고 금리를 30%,

나아가 50%, 80% 등 폭발적으로 올려 버리면 그 나라의 기업들은 도무지 견뎌낼 수 없게 되는 거죠. 뿐만 아니라 부동산의 가치도 완전히 무너져 내릴 거예요. 즉, 그 나라가 쌓아 온 사회적 부는 헐값에 다른 사람들의 손에 넘어가게 되죠.

그렇기 때문에 애초에 경제적으로 큰 위기를 초래하지 않는 것이 무엇보다 중요한 겁니다. 그러기 위해서 경제는 그 활동을 하는 구성원들이 일단은 누군가는 살아남고, 누군가는 도태된다는 생태계의 근본을 겸허하게 인정하는 것이 무엇보다 중요합니다. 도태되어야 할 기업이 이런저런 정치논리, 포퓰리즘 등에 의해 죽지 않고 좀비기업으로 남게 되면 점점 경제의 동력은 사라지고 맙니다. 이런 적폐가 쌓이다 보면 결국 국가적 차원의 위기가 되고, 그런 위기를 맞닥뜨리게 되면 아까 말했듯 국가적 핵심자산마저도 엉뚱한 사람들에게 헐값에 넘어가게 되는 결과가 되어 버리는 거죠. 열심히 쌓아 올린 부의 최종 귀착점이 엉뚱한 사람들에게로 돌아가면 안 되잖아요?"

최경호는 신입생들의 순수한 눈빛을 한참 동안 쳐다보았다. 이들이 이 나라의 미래라고 생각하니 더더욱 책임감이 느껴졌다.

"누구나 마찬가지겠지만 젊은 시절에는 주류가 아닌 비주류에 대한 선망의 마음이 있지요. 뭔가 남달라 보이고 싶고 새로워 보이고 싶고 기성세대가 오랫동안 풀지 못한 난제를 전혀 다른 접근법으로 한 번에 해결해 보이고 싶기도 하고. 물론 좋은 태도이고 진리를 찾기 위한 훌륭한 접근입니다. 그러나 그런 시도를 하면서도 동시에 주류적 이념에 대한 존중도 중요합니다.

시장의 자유, 세계화, 자유 무역 등 이러한 것들은 인류를 풍요롭게 하는데 혁혁한 공을 세운 이념들입니다. 이것은 분명한 사실이에요. 시장주의, 경제적 자유 등을 비판하고 정부가 무엇을 계속 적극적으로 해야 한다는 말을 내뱉는 것이 유행처럼 되어 있는데 공공의 영역이 계속 넓어진다는 것은 그리 환영할 만한 일은 아닙니다. 게으른 정부를 채찍질하면서 '이것도 네가 하고, 저것도 네가 해라!'는 식으로 몰아붙이면 마치 정부에게 일거리를 많이 주는 것 같겠지만, 사실 정부라는 조직이 더욱 거대해지고 파워풀해지는 거지요. 어떤 사안에 대한 최종 결정권은 최대한 개개인이 보유하는 것이 매우 중요합니다. 그 결정에 대한 책임도 자신이 지는 것이고요. 이것이 자유를 지켜내는 방법입니다. 특히, 경제 영역에 있어서의 자유는 무엇보다 중요합니다. 경제적 자유가 보장되는 것이야말로 자유의 핵심이지요. 경제적 자유를 계속 내어놓거나 포기하게 된다면 점점 주인을 모시는 노예로 전락하게 되는 거지요. 우선 경제적 자유가 보장되어야 정치적 자유도 가능한 것이고 이런 자유인들이 책임감을 가지고 선택을 해나갈 때 경제도 활기차게 돌아갈 수 있지요.

　사유재산. 이것은 신성한 것이고 개인의 자유를 보장하는 근본이 됩니다.

　1958년에서 1961년 사이, 중국에서는 이른바 '대약진정책'이라는 것을 전개합니다. 마오쩌둥은 공산주의의 우월함을 자랑하기 위해 인위적으로 생산목표를 지정하여 민중들에게 할당시켰지요. 이미 할당받은 식량의 양을 공급해내는 것도 중국 인민들에게는 상당히 맞추기 힘든 목표였는데 여기에 인민공사(중국의 농촌 지방 조직)가 과잉

충성을 보이며 목표량을 부풀려 초과달성을 독려했지요. 이 목표를 위해 사람들은 자신들이 먹어야 할 식량마저 내어놓아야 했고 더 나아가 중국 공산당은 사람들의 사유지를 모두 인민공사에 귀속시 켰어요. 더불어 모든 사유재산마저 공산당이 접수하면서 조리도구 까지 몰수한 뒤 인민들로 하여금 공동 식당을 이용하게 했지요. 철 강산업을 한답시고 농촌 지역에 건설한 소형 용광로는 거의 아무것 도 생산하지 못했지요. 마오쩌둥에게 인민들이 당한 이런 착취에 대 한 개선을 건의한 사람은 '우파 변절자'로 낙인찍혀 숙청을 당했지 요. 사실, 대약진정책을 열심히 했던 3년간의 기후가 어느 때와 다 를 바가 없었는데도 3,500만 명이 굶어 죽고 4,000만 명의 신생아가 감소했다는 사실은 전적으로 인간의 잘못된 방향설정이 만들어낸 비극이라는 것을 확실하게 증명합니다.

반면, 경제적 자유를 중시하고 세계의 여러 나라들과 긴밀하게 교 역하면서 장벽 없이 자본과 재화를 주고받은 나라들은 점점 더 부 강해지고 가난으로부터 극적인 탈출에 성공했지요. 인류의 기대수 명은 점점 늘어났고 사람들의 생활은 이전에는 상상조차 못할 만큼 윤택해져 왔어요. 1820년부터 1992년 사이 세계 모든 인구의 평균 소득은 7~8배 증가했으며 동시에 세계인구의 극빈층 비율은 84%에 서 24%로 감소하는 기막힌 성과가 있었습니다. 과학의 발전과 도시 의 발달은 마치 이웃과의 단절, 인간적 교류의 약화를 상징하는 것 처럼 인식되곤 했으나 사실은 그렇지가 않지요. 다양한 레저활동이 늘어나 함께 즐길 수 있는 오락거리들이 늘어나고 발전한 교통수단 덕분에 멀리 떨어진 가족이나 친구를 만나는 데에도 별다른 부담이 없어졌지요. 항공기의 발달, 거기다 저가항공사까지 생겨나면서 예전 같으면 평생 얼굴 볼일 없던 지역의 사람들까지 만나볼 수 있는 기회들이 생겨나고 통신의 발달은 이들과 지속적으로 연락을 주고받을 수 있게 해주었습니다. 인터넷을 통해 실시간으로 얻는 정보와 오락거리들은 대부분이 무료이지요. 저도 때때로 웹툰(인터넷 포털 사이트에 게재되는 만화)을 즐겨 보거나 유튜브의 재미난 동영상을 보면서 머리를 식히기도 한답니다.

그리고 사실 또 하나 고려할 것은 똑같은 제품이라도 예전보다 훨씬 품질이 좋아졌지요. 질적 성장도 분명한 발전임에도 불구하고 양적 성장과는 달리 통계수치로 측정되기 어려운 나머지 성장률을 계산할 때 누락되어 버립니다. 하지만 질적으로 훨씬 개선된 삶을 살 수 있다는 건 분명히 성장을 한 겁니다.

통계적으로 자동차 사고의 횟수가 과거보다 상당히 감소했습니다. 물론, 사람들의 안전운전에 대한 의식이 높아진 덕분이라고 할 수도 있겠지만, 사실은 자동차의 성능이 과거보다 훨씬 좋아졌기 때문이지요. 주차할 때를 생각해 봐도 차 가까이에 뭔가가 있으면 '삐, 삐, 삐' 하고 경고음을 울려 주잖아요? 후진을 할 때 화면을 통해 뒷부분을 볼 수 있게 해주는 후방카메라 역시 차 사고의 확률을 대폭 감소시키지요. 즉, 현대의 자동차는 과거의 자동차와 질적인 차이가 무척 큽니다. 이뿐인가요? 우리가 사는 집, 주방기구 등 많은 것들이 이름만 같을 뿐 과거의 그것과는 완전히 다르지요. 실수로 보일러를 켜둔 채 집과 떨어진 곳에 여행을 왔어도 핸드폰을 통해서 그 기기를 중단시킬 수 있잖아요? 혹은 보일러 자체가 이미 자동온도조절장치를 통해 자동 조절되고 있거나요. 예전 같으면 큰 사고로 이어져 버렸을지 모르죠."

최경호 교수는 학생들을 둘러보면서 말을 이어 나갔다.

"각 나라들마다 지하자원의 양이 다르고, 기후가 다르고, 사람들의 기질이 다릅니다. 다시 말해 이러한 차이점을 가지고 비교 우위를 잘 찾아내어 그것에 특화해서 생산한 뒤 그것을 가지고 해외의 다른 나라와 교역을 합니다. 이로써 각국의 파이는 더욱 크게 확장되지요. 거기에 과학의 발전을 통한 전반적인 생산력의 향상 효과를 더하면 인류가 누리는 효용은 더더욱 커집니다. 다들 잘 알고 있듯이 이것이 무역이 주는 효용이지요."

"그런데 교수님, 최근 양극화 문제가 계속 어려운 문제로 떠오르고 있지 않습니까?"

강의실 중간쯤에 앉아 있던 한 학생이 손을 들어 질문을 했다. 최경호는 그 학생의 두 눈을 보면서 웃으며 입을 열었다.

"맞아요. 우리나라에서 양극화의 문제가 점점 깊어지고 있지요. 미국도 마찬가지고요. 자, 그렇다면 양극화의 주된 원인이 무엇일까요? 한때, 한국경제가 잘나가던 시절, 예를 들어 80년대의 택시 기사님들을 보자면, 그들이 열심히 택시 운전을 하면 중산층으로서 평생 먹고살고 가족을 부양하는데 아무 문제가 없던 그런 시절이 있었지요. 회사에 들어가 월급만 꾸준히 받아도 노후대비까지 별문제 없었던 그런 때였습니다. 경제의 성장과 그 결과로 축적되는 부(Wealth)는 그 자체로 최고의 복지입니다. 하지만 시간이 흐르면서 점점 한국경제는 성장률이 계속 하락하더니 현재는 2%대까지 내려와 저성장 기조가 만연하게 되었어요. 대한민국은 한때 가장 매력 있는 생산기지였으나 어느덧 다른 나라가 그것을 대체하게 되었죠. 특히나 중국의 저임금 노동력은 어느새 고임금 노동력으로 변하게 된 한국보다 훨씬 경쟁력을 갖게 되었죠. 그래서 한국에 투자되어 돌아가던 수많은 제조업과 공장들이 중국으로 옮겨가게 됩니다. 이로써 한국의 생산성은 하락하고 이를 중국이 흡수하게 되지요. 제조업과 공장들 그리고 수많은 회사들이 중국으로 가버렸다는 것은 그만큼 중산층을 위한 일자리가 한국에서는 사라져 버렸음을 의미합니다.

여기서 알 수 있듯이, 현실은 성장률이 높은 나라가 양극화가 심한 것이 아니라 오히려 경제 성장률이 하락하는 나라일수록 양극화는 훨씬 심해지지요. 즉, 양극화를 해소하기 위한 유일한 방법은 경제 성장률을 높여 나가는 것입니다. 경제의 성장동력이 꺼져 가면서 나라가 가난해질수록 양극화의 정도는 점점 더 심해지는 거지요. 성장률 하락은 기업의 투자를 위축되게 하고 이로 인해 고용시장을 얼어붙게 만들잖아요. 게다가 기존의 생산기지들 역시 더 낮은 비용으로 노동력을 소비할 수 있는 곳으로 옮겨가 버리면 결국 중산층을 위한 일자리는 점점 없어져 버리는 거죠.

여러분들! 만약 지구 전체가 하나의 나라라고 가정한다면 양극화는 심해졌을까요, 완화되었을까요?"

최경호 교수의 뜻밖의 질문에 학생들은 선뜻 답을 내리지 못했다.

"사실 지구 전체를 하나의 국가라고 가정한다면 지구라는 이름의 나라는 오히려 소득 불평등도가 완화되었을 거라고 생각합니다. 그러면 한국이라는 지역에서 사라진 중산층의 일자리는 어디로 갔을까요? 그것은 중국, 베트남 혹은 인도네시아 등으로 옮겨간 것이지요. 다시 말해, 어떤 지역의 중산층을 위한 일자리가 다른 지역으로 옮겨가게 되면서 이전 같으면 그 지역의 중산층을 형성했을 사람들을 대상으로 한 고용이 악화되어 그 결과 그들이 빈곤층이 된 나머지 양극화 현상이 심화되는 반면 중산층들을 위한 일자리가 새롭게 생겨난 지역에서는 빈곤했던 이들이 새로 진출한 기업들에 의해 고용되면서 중산층으로 올라서게 되는 거죠. 즉, 과거에 빈곤에 허덕여야 했던 사람들이 새로운 중산층을 형성하게 된 겁니다. 결국, 지구를 하나의 나라로 놓고 본다면 우리의 생각과는 달리 더 많은 중산층이 탄생한 거죠. 다시 말해, 한국의 중산층을 중국, 베트남과 같은 나라들이 빨아들인 것이라고 표현해야 할 것 같아요. 그렇다면, 앞으로 우리나라는 어떻게 해야 할까요?

싫든, 좋든 세계는 서로 경쟁하고 있습니다. 우리나라 사람들끼리 혹은 우리 민족끼리 모여서 '경쟁은 나쁜 것, 잘난 사람, 못난 사람 그런 거 없이 모두가 다 똑같은 것만이 정의로운 것!'이라고 읊어대면서 그렇게 살면 그 자체로 행복이 보장될 것 같지만, 현실 속의 세계는 경쟁력 있는 나라만이 부흥하고 그렇지 못한 나라는 쇠퇴하는 그런 곳이지요. 우리만 따로 동떨어져 널널하게 살 수 있는 게 아니라는 것이 우리가 당면한 현실입니다.

자, 그러면 중국, 베트남 등과 함께 경쟁을 하려면 우리는 어떠한 선택을 해야 할까요? 우선 한 가지 방법은 다시 임금을 낮추어서 생산기지들이 중국이나 베트남이 아닌 한국으로 되돌아오게 하는 것이 있겠지요. 아니면, 이제 그런 산업은 그러한 나라들에게 넘기고 우리는 고도화된 지식산업의 발전에 집중하여 우리의 핵심산업을 첨단화된 지식산업 쪽으로 끌어올리는 방법도 있겠고요. 여기에서 비교 우위의 개념이 도출되는 것입니다. 즉, 벼 생산성이 좋은 나라는 벼 생산에 특화를 하고 반도체 생산성이 좋은 나라는 반도체 생산에 특화를 해서 생산한 뒤 무역을 통해서 양국의 효용을 증가시키는 것이죠. 비교 우위에 특화하여 무역을 하고 이를 통해 각 나라들은 과거에는 누릴 수 없었던 효용을 무역을 통해 누릴 수 있게 되는 것이죠. 즉, 자유 무역을 하게 되면 일단은 그 참가국 모두가 윈윈하게 되는 것입니다.

자유 무역은 이처럼 비교 우위에 입각해서 하게 됩니다. 그러니까 강대국과 함께 무역협상을 하는 것이 무슨 약소국이 무조건 손해를 보는, 마치 체급에 안 맞는 복싱경기를 하는 것에 비유하는 건 부적절하지요. 물론, 무역이 절대우위에 입각한다면 그럴 수도 있겠지요. 첨단화된 산업도 강대국이 잘하고 농사도 우리가 잘 지으니까 너네는 무조건 우리 뜻에 따르면 된다는 식으로 나온다면 그것은 체급에 맞지 않는 복싱이 될 수도 있지요. 강대국은 헤비급, 약소국은 라이트급일 테니까. 하지만 아까 말했듯 무역은 비교 우위에 입각해서 이뤄진다는 것입니다. 즉, 강대국이 A산업, B산업 다 상대국보다 잘할지는 모르지만 어쨌든, A산업에 모든 역량을 투입한 뒤 B산업은 무역시장에서 교역을 통해 보완하는 방법을 취하는 것이 훨씬 더 이득이 되기 때문에 강대국과 약소국 모두 무역협정을 하는 것이 더 유리하지요. 변호사가 자신은 변호에만 집중하고 그 비서는 서류 작성에만 집중시킨 뒤 변호사가 자신이 번 돈을 비서에게 월급으로 주는 것이 훨씬 이득이 되니까 그렇게 하는 거 아니겠어요? 변호사가 서류 작성을 비서보다 못하기 때문에 그렇게 하는 게 아니잖아요? 이것을 변호사와 비서 간의 체급이 안 맞는 복싱경기를 하는 것에 비유할 수는 없죠."

최경호 교수는 잠깐 말을 멈추었다가 다시 강의를 이어갔다.

"그런데 말이죠, 여기에서 한 가지 문제가 발견됩니다. 즉, 보호무역 기조가 나타날 수밖에 없는 새로운 문제가 떠오른 것이지요."

학생들은 최 교수의 다음 얘기에 귀를 기울였다.

"아까 말했듯 자유 무역을 하게 되면 비교 우위에 특화를 하게 됩니다. 그러면 어떤 나라는 노동집약적 산업에 특화를 하고 다른 나라는 지식집약적 산업에 특화를 하게 될 것입니다. 즉, 어떤 나라는 값싼 노동력에 입각하여 경쟁력을 가지고 다른 나라는 고도화된 지식산업에 경쟁력을 가지게 되는 것이죠. 우리나라는 과거에는 노동력기반의 산업이 주류를 이루었지만, 이제는 뛰어난 기술력을 바탕으로 한 지식집약적 산업에 비교 우위를 갖는 국가로 변모했어요. 그런데 이때 과거에 노동력을 제공하던 사람들의 입지가 국내적으로 더욱 좁아지는 현상이 발생하게 됩니다. 노동집약산업에서 지식집약산업으로 변모하면서 노동집약산업의 일자리가 사라져 버린 것이죠. 그러면 그만큼 실업자계층이 생겨나게 됩니다.

이런 문제를 해결하기 위해 노동력 역시 자유롭게 이동할 수 있도록 해서 최대한 국경에 제약을 받지 않게 하려고 하지요. EU 같은 경우 유럽시장을 묶으면서 동시에 노동력이 자유롭게 이동할 수 있도록 개방되어 있습니다.

하지만 여전히 문제가 남습니다. 이동이라는 것이 상품이나 자본이라면 아무런 문제가 없지만, 사람이 되고 보면 현실적인 한계가 있지요. 노동의 이동이라는 것은 자기 나라, 자기 고향에서 살던 사람이 전혀 새로운 곳으로 떠나야 한다는 것을 의미합니다. 즉, 개념상으로는 노동자 계층이 노동기반산업에 비교 우위를 갖는 나라로 떠나야 하는데 현실적으로 고향이나 조국을 두고 그렇게 쉽게 훌쩍 떠나 버릴 수는 없다는 거죠. 미국에서도 여전히 수많은 노동자계층이 자기 나라를 떠나지 않고 잔류하고 있잖아요? 즉, 노동력은 다른 요소들과는 달리 이동의 자유에 제약이 있습니다. 그러면 이들을 위한 일자리를 지켜 주어야 한다는 목소리가 나오게 되고 이것은 결국, 적정 수준의 보호무역이 필요하다는 주장의 근거가 되지요.

또 하나 보호무역을 촉발시키는 무시하지 못할 요소가 있습니다. 그것은 바로 로봇산업의 발달이지요. 웬만한 노동력은 로봇으로부터 확보할 수 있게 된 이상 굳이 생산기지를 해외로 옮길 필요가 없지요. 생산기지를 해외로 이전하는 것은 값싼 노동력을 확보하기 위함인데 로봇이 이를 대체해 버리면 되니까요. 그냥 자기 나라에서 로봇을 만들어 이 로봇에게 노동을 시키면 되는 것입니다. 반도체를 잘 만드는 나라가 로봇을 통해 벼농사도 잘 짓는다면 다른 나라와의 무역의 필요성이 줄어들지요. 로봇에게서 노동력을 확보하면 임금 상승의 리스크를 염려할 필요가 없잖아요? 그러면 굳이 노동기반산업국가와 무역을 하지 않아도 자국의 파이를 넓힐 수 있지요. 결국, 무역에 대한 상호 의존성이 약화되면서 초국가적인 상호 이익보다는 자국의 이익을 우선시하는 경향이 나타날 수 있다는 겁니다."

최경호 교수는 시계를 바라보며 자신의 강의시간이 끝나가는 것을 확인했다. 그래서 얼른 마지막 한 마디를 서둘러 덧붙였다.

"얼마 전 오바마 대통령이 미국 언론과의 인터뷰에서 이런 질문을 받았습니다. 대통령께서는 왜 과거의 미국 대통령들과는 달리 중동문제에 소극적인 입장을 보이냐는 그런 질문이었죠. 이때의 오바마 대통령의 대답은 '솔직히 흥미가 없다.'라는 것이었습니다. '흥미가 없다.' 재미있는 표현이죠?

미국은 역사 이래로 풍부한 식량과 엄청난 지하자원을 둘 다 가진 그런 유일한 나라가 되었습니다. 셰일가스, 셰일오일이 개발되었기 때문이지요. 미국에 오일쇼크를 촉발할 만큼 강력했던 OPEC[20]의 지렛대는 더 이상 미국에 통하지 않게 되었어요. 이로 인해 중동국가들에 대한 미국의 관심은 급격히 꺼져 갔지요. 오바마 대통령은 솔직한 말을 한 것입니다. 이제 그쪽 나라들이 어떻게 되든지 미국과는 별로 상관없는 일이 되었지요. 괜히 골치만 아플 뿐. 게다가 이렇게 되면 그 지역의 테러집단들이 미국에 가졌던 분노도 약화될 수밖에 없지요. 미국이 아무런 관여를 안 하면 자신들과 무슨 상관이겠습니까? 과거처럼 미국이 적극적으로 개입하여 중동국가들 사이의 권력게임에 지대한 영향을 미친다면야 미국 때문에 손해를 보

---

20) OPEC: Organization of Petroleum Exporting Countries. 회원국 간의 석유정책을 상호 조정하고 각 회원국에게 기술적·경제적 원조를 제공할 목적으로 설립한 다국적 기구. 〈출처: 다음(Daum) 백과사전〉

는 누군가로부터 분노를 사게 되겠지만, 이제는 별로 관심을 갖지 않고 너희들이 알아서 하라고 한다면 굳이 미국을 건드릴 이유도 욕할 이유도 없어지게 되는 거지요. 가만히 있는 남의 나라를 애써 욕하려 드는 쪽이 있다면 그런 쪽만 더 초라해질 뿐이지요. 결국, 어느새 양키(Yankee)는 스스로 고 백 홈(Go Back Home)을 하는 겁니다, 자연스레 말이죠. 밖에 나와 있다가 홈(Home)으로 돌아가게 된 사람의 마음은 아마 그 누구보다도 가볍고 즐거울 거예요.

곰곰이 생각해 봐도 9·11테러 이후에 미국을 향한 큰 테러가 별로 없었지요? 물론, 전혀 없는 것은 아니겠지만 오사마 빈 라덴이 보였던 그런 종류의 임팩트 있는 테러 공격은 꽤 오랫동안 없었지요. 2001년의 일이니까 벌써 그 일도 15년도 더 지난 일이네요. 물론, 그 사건 이후 예방을 철저히 하는 이유가 크겠지만, 한편으로는 미국이 골치 아픈 중동문제와 멀어지면 멀어질수록 오히려 테러 위협과도 결별하는 효과가 생길 수도 있다는 거죠. 차라리 요즘엔 미국보다는 프랑스가 이런저런 테러에 골머리를 앓고 있는 것 같아요.

풍부한 식량과 셰일 혁명. 여기에 누구도 전면전을 걸어올 수 없는 압도적 국방력과 세계 최고의 과학기술. 이러다 보니 미국 내에서 고립주의에 대한 주장들이 커지고 있어요. 즉, 별 이득도 안 되면서 골치만 아픈 국제문제에 개입하지 말고 자국의 이익을 극대화하는 데에만 역량을 집중하자는 그런 이야기지요. 솔직히 제가 지금 미국에 살고 있다면 저도 아마 고립주의 주장에 힘을 실었을 것 같아요."

강연수 대리의 대활약

석청강의 아버지가 그 이름도 유명한 석세창이라는 말을 들은 공갈현은 순간 움찔하였다. 뜻밖의 이름이 들려오는 바람에 깜짝 놀란 것이다. 석청강은 속으로 '이때다!' 하고 생각하며 재빨리 주머니에서 핸드폰을 꺼내 공갈현을 향해 힘껏 던졌다. 잠깐 생각에 잠겼던 칼잡이 공갈현은 갑자기 무언가 자신에게 날아오는 것을 보고는 본능적으로 허리를 굽혀 그 물체를 피하려 했다. 그런데 이때 뜻하지 않은 곳에서 날카로운 칼이 날아와 공갈현의 오른쪽 어깨에 박혔다. 그 칼을 던진 것은 표동수였다. 석청강과 표동수의 콤비플레이였다. 오랜 시간 함께 조직생활을 하며 익힐 수 있었던 정교한 팀워크였다.

"칼은 너만 들고 다니는 게 아냐!"

라고 크게 외치며 표동수는 주춤거리는 공갈현의 아래턱을 겨냥해 온몸을 회전시키며 뛰어올라 체중이 실린 뒤돌려차기를 꽂아 넣었다. 칼잡이 공갈현이 그 자리에서 풀썩 소리를 내며 쓰러져 의식을 잃었다. 이때 누군가 박수를 치며 등장했다. 검은 뿔테 안경에 트레이닝복을 입은 그는 바로 미스터 큐였다.

"브라보! 잘 봤습니다."

"넌 또 뭐냐?"

표동수가 미스터 큐를 바라보며 물었다.

"하하, 그냥 여기 계신 두 분을 모시러 왔다고 해야 할까요?"

이렇게 말하던 미스터 큐는 그대로 달려들어 표동수를 향해 주먹을 내어 뻗었다.

"황천길로 말입니다요."

갑작스러운 공격에 표동수는 미처 피할 새도 없이 바닥으로 나뒹굴었다. 그리고는 그대로 속도를 높여 두 걸음 정도 더 앞으로 나서더니 어느새 석청강의 눈앞으로 다가와 주먹으로 복부를 가격했다. '헉!' 하는 소리를 내며 석청강 역시 그 자리에 엎드린 채 고통에 몸을 떨었다. 그리고 미스터 큐는 눈을 돌려 최경호 쪽을 바라보았다. 사냥감을 노리는 맹수의 살기를 담은 두 눈을 보는 순간 어지간한 최경호도 이때만큼은 온몸이 얼어붙어 버릴 것 같았다. 하지만 이내 미스터 큐는 최경호에게는 관심이 없는 듯 다시 고개를 돌려 사냥감을 희롱하기 시작했다.

이때, 누군가 또 한명이 통로 문을 지나 바깥 옥상으로 나왔다. 그리고는 미스터 큐를 향해 큰 목소리로 외쳤다.

"야, 그만해! 막내!"

앙칼지게 귓속으로 들어오는 목소리에 미스터 큐는 그 자리에서 소리 나는 쪽을 돌아보았다. 그곳에는 숨을 헐떡이는 강연수가 서 있었다.

"아! 강 대리님…."

미스터 큐 역시 뜻밖의 강연수를 보면서 기계처럼 정교하게 움직이던 몸을 정지시켰다.

"야! 너, 상하이 드래곤즈라고 하는 중국 깡패 조직원이지?"

강연수의 거침없는 일갈에 미스터 큐는 순간적으로 약간 당황한 듯했다.

"하하하, 대리님! 저의 뒷조사를 어떻게 하셨나요? 대단하시네요."

"대단이고 뭐고 간에 너, 선택해! 회사야, 폭력단이야?"

강연수는 미스터 큐를 보면서 재차 물었다.

"회사원으로 살 거야, 건달로 살 거야? 대답하라고, 자식아!"

비록 거짓말이라도 앞으로 건실한 회사원으로 열심히 살겠다고 한마디만 해준다면 지금 목격한 이런 이해할 수 없는 푸닥거리도 깨끗이 잊을 수 있을 것만 같았다.

"대리님! 그 전에 어떻게 제 뒷조사를 하신 거죠?"

"그전에 묻는 말에 대답이나 해!"

"네네, 회사원! 콜?"

미스터 큐는 장난스레 웃으며 이야기했다. 거짓말이 분명했지만 일단은 원했던 대답이었다. 강연수는 잠시 그를 바라보더니 다시 목소리를 가다듬고서 말했다.

"뭐, 그렇다면 나도 네 질문에 답해주겠어. 처음 내게 메일이 왔었지."

강연수의 설명이 시작되려 하고 있었다. 미스터 큐는 귀를 세워 들었다.

"그 내용은 이제 곧 외국인 투자자들이 대량의 매도를 내어 놓으며 주가가 하락할 거라는 것을 미리 내게 알려 주는 메일이었어. 그리고 그날의 주가는 실제로 그렇게 움직였지. 여기서 내가 알 수 있었던 것은 내게 메일을 보내온 사람이 외국계 투자회사와 어떻게든 관련이 있다는 부분이었지. 즉, 이 사람이 소속된 곳이 우리나라 주가에 영향을 미칠 만큼 큰 자금을 운영하고 있는 곳이거나 그런 회사의 펀드 매니저들과 잘 알고 있거나. 어쨌든 우리나라 주가를 움직일 만큼의 거대 자본과 직·간접적으로 연관이 되어 있다는 거지. 물론, 주가라는 것은 어떤 악재가 터져서 떨어질 수도 있겠지만, 그날은 그런 갑작스러운 큰 하락세를 설명할 만한 특별한 악재가 터진 날은 아니었거든. 즉, 특정기업의 악재가 터질 것을 알고 예언을 했다기보다는 그와 별개로 스스로의 자금 동원 능력으로 예언을 현실화시켰을 확률이 더 크다고 판단한 거지.

그리고 그다음에 내 관심을 끈 메일은 막사라닷컴의 작전 여부를 알려주는 메일이었어. 그런데 막사라닷컴은 내가 오래전에 사두었던 주식이거든. 우연히 이 주식에 대한 메일을 보낼 수도 있겠지만, 어쩌면 내가 이 주식을 사두었다는 것을 알고 있기 때문에 보냈을 가능성도 얼마든지 있었지. 즉, 내게 메일을 보낸 사람은 내 주변에 있을 수도 있다는 생각을 하게 된 거야. 하지만 한 가지 모순이 생기는 것은 내 주변에는 거대 자본을 운용하는 외국인은 없단 말이지. 그래서 조금 혼란이 오기는 했지만 일단 정리는 뒤로 미루고 주변 인물들을 돌아보기 시작했지. 나랑 친한 친구들은 주식시장에 별로 관심이 없으니까 내가 막사라닷컴을 샀다는 이야기를 했어도 아무런 관심이 없었고, 그렇다면 회사 사람일 확률이 높아지는데 그러면 그런 이야기를 긴밀하게 나눌 사람이 팀장님, 그리고 다른 동료들 아니겠어? 거기에는 너도 포함되고 말이야. 나는 일단 우리 회사 사람들 안에서도 그 대상을 줄이기 위해 내가 막사라닷컴을 샀다는 얘기를 누구랑 나누었는지 기억을 열심히 되돌렸지. 그 말을 그렇게 많이 하고 다닌 적은 없었기에 누구에게 말했는지 대략 떠올릴 수가 있었어. 대충 세어 보니까 8명 정도 되더라고.

나는 나와 친하면서 동시에 우리 회사 사람이랑 전혀 관계가 없는 그런 친구들의 이메일 주소를 긁어모았어. 그리고는 너도 기억하겠지만 내가 전에 쓰던 메일계정을 없애고 새로 이메일을 만들었다고 이야기하면서 사람들에게 새로운 메일 주소를 적어서 각각 문자로 보낸 적이 있었잖아? 바로 이때 사실은 그 8명에게 각각의 다른 메일 주소를 적어 보낸 거지. 내 친구들의 메일 주소를 말이야. 즉, 이 8명 중에 있다면 내게 다시 메일을 보내온 순간 누군지 알 수 있게 말이야. 문자 내용은 모든 지인들과 고객들에게 다 보내는 것처럼 했지만, 사실은 그 8명에게만 보냈던 거야."

"오호, 미처 몰랐군요. 허허!"

미스터 큐가 한마디 내뱉었다. 강연수는 아랑곳하지 않고 그녀의 말을 계속했다.

"그 이후 나한테 온 메일들을 통해 그런 내용의 메일을 보내는 사람이 바로 막내 너였다는 것을 알 수 있었어. 나는 네가 무언가 비밀을 갖고 있는 사람이라는 생각을 하게 됐지. 뭐, 회사 내에서도 얼마든지 스파이가 활동을 하잖아?"

강연수는 미스터 큐를 바라봤으나 그는 얄밉게도 작은 동요조차 보이지 않고 실실 웃고 있었다.

"나는 장 팀장님에게 부탁해서 너의 인사기록을 열람을 좀 했지. 인사부의 오 과장님이 장 팀장님의 학교 후배이자 사촌지간이잖아? 그분을 통해서 어렵지 않게 확인할 수 있었어.

하지만 난 사실 거기서 오히려 포기하려 했었지. 왜냐면 너의 인사 기록에 중국 어느 대학을 나왔고 어느 지방에서 살았다고 되어 있었는데 중국에 대해 잘 모르던 나로서는 거기가 정확히 어딘지 알 수가 없었지. 즉, 너의 정체를 알아보는 건 여기서 그만두어야겠 다는 생각밖에 안 들었던 거지. 하지만 하늘이 도왔다고나 할까? 기막힌 우연이라고나 할까? 이튿날 밤 중국 특파원으로 나가 있던 경제부 기자인 내 대학교 동기에게서 전화가 온 거야. 자신이 상하이에서 취재를 하는데 그곳의 유명한 투자 그룹인 청파(靑波) 그룹[21]의 행사에 우리 회사 전무님이 오셨다는 이야기를 한 거지. 그 친구가 한국에서 기자생활하는 동안 우리 회사 임원들을 취재했던 친구거든. 게다가 너도 잘 알다시피 우리 회사 전무님은 옛날 소련의 지도자 고르바초프랑 비슷하게 생겼잖아? 벗어진 머리에 있는 검버섯까지. 한 번 보면 잊을 수 없는 인상이지. 나는 이것이 우연이 아닐 수도 있다는 생각을 했어. 즉 우리 회사 전무님이 상하이에 가 있는 것과 중국 출신인 네가 우리 회사에 있다는 것. 게다가 내게 놀라운 내용을 담은 메일을 익명으로 보내 왔다는 사실은 나에게 너라는 존재를 중심으로 여러 가설들을 세우게 만들었지.

---

21) 실존 이름과는 무관합니다.

청파 그룹은 부동산이나 주식에 투자를 하는 투자회사이지만 그 뿐 아니라 외국계 기업이 중국에 진출할 때 자금을 빌려주고 정착할 수 있도록 도와준 뒤 이자와 수수료를 받아가는 그런 일도 하는 곳이더라고. 주로 상하이에서 활동을 하고 말이야. 내 기자 친구가 친절히 설명해 주었지. 어쨌든 만약 우리 회사가 중국 진출을 모색하고 있고, 여기에 청파 그룹의 투자를 받기 위해 전무님이 상하이에 가신 거라면 어쩌면 막내 너는 청파 그룹과 관련된 누군가일 수도 있다는 생각을 하게 된 거야."

"훗, 그렇군요. 역시 강 대리님 만만찮다니까. 계속해 보시죠."

웃으며 말하는 미스터 큐의 얼굴이 얄밉기 그지없었으나 강연수는 일단 그녀의 이야기를 계속하기로 마음먹고서는 다음 이야기를 이어 나갔다.

"청파 그룹이 만약 너를 그들의 스파이로 신비증권에 보낸 것이라면 우리로서는 경계해야 할 일이지. 청파 그룹과 우리 회사 간에 어떤 사업이 논의되는지 정확하게 알 수는 없지만, 만약 우리 회사의 회계장부가 상대에게 완전히 까발려지고 있다든가 혹은 우리 회사 임원들의 성향, 혹은 개인적 약점 등등 이런 정보들이 상대에게 새어 나가고 있다면 이것은 신비증권에 몸담고 있는 대리 강연수가 그냥 보고 있을 수 없는 일이지. 물론, 네가 어떤 정보를 청파 그룹에 넘겨 주고 있었는지는 알 수 없지만. 어쨌든, 나는 팀장님께 이 일에 대해 알아 봐야겠다는 의사를 전했고, 팀장님은 평소 가까이 지내던 최 이사님께 말씀드렸지. 결국, 나는 2주간의 장기 출장을 중국으로 가게 됐던 거야. 너도 내가 출장갔던 건 알고 있잖아? 그때 난

상하이로 떠났던 거야. 그곳에는 이미 내 출장의 진짜 목적을 알고 있는 기자 친구가 나를 기다리고 있었어. 그래서 그 친구의 도움을 받아 그곳에서 청파 그룹에 대한 조사를 하기 시작했지. 본사도 찾아가 보고 말이야. 상하이에서는 꽤나 유명하더라고. 그런데 재미난 것은 호불호가 상당히 갈리는 회사더라는 거지. 좋아하는 사람들은 아주 좋아하는 데, 그렇지 않은 사람들은 아주 싫어하는…. 사실, 나는 뭐, 특정 기업에 대해 누군가는 좋아하고, 누군가는 싫어할 수 있다고 생각해서 대수롭지 않게 여겼지만 기자인 내 친구는 뭔가 느낌이 온다고 하더라고. 중국에서 오랜 생활을 한 그녀는 그 회사를 싫어하는 사람들의 태도가 왠지 뭔가 깊은 사연이 있을 것 같다는 느낌이 든다는 거야. 그래서 우리는 더 깊이 조사하기로 마음먹었어. 사안이 사안인 만큼 회사에서 활동비도 두둑이 받아 두었으므로 활동에는 아무런 지장이 없었지.

그녀와 나는 내가 회사에서 받아 온 활동비를 가지고 최고급 드레스를 샀어. 그리고는 그날 밤 그것을 입고서 상하이의 최고급 술집으로 들어갔지. 물론, 떠들썩한 그런 곳은 아니고 지하에 있는 조용한 곳. 하지만 최고급 손님만 받는 그런 곳으로 말이야. 아니나 다를까 그곳에서는 상하이에서 한 가닥 한다는 거물들이 많이 모여 있더라고. 물론, 내 친구가 말해줘서 거물인 줄 알았지만.

남녀노소 할 것 없이 한 손에 술잔을 들고서 마치 사교클럽에라도 온 듯 거물급 인사들이 여기저기 돌아다니며 이런저런 이야기를 나누고 있었지. 나와 내 친구는 바(Bar)가 있는 쪽 자리에 앉았고 이내 그곳 주인처럼 보이는 잘 꾸민 중년여성이 다가와 우리에게 말을 걸어오기 시작했어. 뭐, 오래지 않아 그 마담과 언니, 동생 하며 부르는 사이가 되었어. 물론, 내 친구가 통역을 잘해 주었기 때문일 테지만. 이곳에서 우리는 마담을 통해 다른 사람들과도 안면을 트게 되었고 그곳을 출입한 지 3, 4일쯤 되던 날, 한 노년의 사업가로부터 청파 그룹에 대한 자세한 이야기를 들을 수 있었지. 처음에는 일반적인 이야기만을 하더니 한 잔, 두 잔 술이 들어가면서 그는 점점 자기 자랑을 섞어가며 허풍을 떨기 시작했고 때는 이때다 싶어 청파 그룹을 싫어하는 사람들도 있던데 왜 그렇게 증오하는 거냐고 슬쩍 찔렀지. 그랬더니 그 사람 입에서 나온 이야기가 청파 그룹의 실체는 삼합회에서 떨어져 나온 폭력 조직인 상하이 드래곤즈라는 거야. 상하이 드래곤즈는 새롭게 부상하는 신흥 조직이면서 비밀 결사처럼 활동한다고 하더라고. 그러다 보니 아는 사람들만 아는 그런 조직이라는 거야. 그들의 투자사업이라는 것도 결국 불법 사채업쯤으로 보면 된다고 하더라고. 그러니 증오하는 사람은 증오를 하는 거겠지? 청파 그룹은 대외적으로 크게 벌이는 사업은 매우 공정하게 운영하는 것처럼 보이지만 그렇지 않은 사업은 약탈적인 방법을 일삼는다는 거지. 이를테면, 중국 진출을 원하는 외국계 회사와 함께 파트너가 되어 공동으로 사업을 하는 척 거래를 해놓고서는 어느새 모든 운영을 자신들이 장악한 뒤 외국인 임원들을 꼭두각시로 전락시키기도 한다는 거지. 이런 일을 당한 쪽에서 항의해 봐야 별다른 소용이 없다는 거야. 왜냐하면, 조직원들을 풀어 겁을 주거나 혹은 관계관청에 뇌물을 주어 서류를 조작해서 그 임원들은 아무런 실권이 없는 사람들로 미리 만들어 놓으니까. 결국, 돈을 투자

할 때는 함께 동업을 하는 척하고서는 수익을 거둬들일 때는 그들을 밀어내고 본인들이 싹쓸이해가는 거지. 이런 범죄자들이 모여 있는 곳이 청파 그룹, 다시 말해 상하이 드래곤즈이지. 그들이 동원할 수 있는 자금 자체가 이미 큰 데다가 그들과 함께 작전을 펼치는 중국 내 거대 자본가들이 연합을 한다면 우리나라 주가 지표를 순간적으로 변동시킬 수 있는 건 그리 어려운 일도 아닐 거야. 안 그래, 막내?"

"허허, 그렇군요."

미스터 큐는 뿔테 안경 뒤에 있는 그의 눈을 가늘게 뜨고서는 강연수를 쳐다 보았다.

"나 혼자 계속 얘기하다 보니 목이 좀 마르네."

강연수는 오른손을 펼쳐 위아래로 부채질을 하였다. 그때, 어디선가 음료수 병이 날아와 강연수 앞으로 떨어졌다.

"옥수수 수염차예요. 가방에 여분이 하나 더 있어서. 마시고 하세요, 허허허!"

그것을 강연수 쪽으로 던진 사람은 그 음료수의 광팬 최경호 교수였다. 강연수는 고마움을 표하며 그것을 들고서는 벌컥벌컥 마시기 시작했다.

"고맙습니다."

"별말씀을…."

석청강과 표동수는 강연수가 말하는 동안에도 그 자리에 계속 누워 있었다. 하루 종일 도망 다니느라 지친 몸을 좀 쉬고 싶었기 때문이다. 강연수는 다시 미스터 큐를 보며 이야기를 시작했다.

"나는 여기서 뜻밖의 정보를 마담 언니를 통해서 들을 수 있었어. 상하이 드래곤즈는 그들이 하고 다니는 특이한 문신이 있다는 거야. 그것은 검은색 구름에서 용의 꼬리만 나와 있는 그림이라는 거지. 술집 마담이다 보니 이 사람, 저 사람 상대하면서 여러 사람과 몸을 섞었고 그런 중에 상하이 드래곤즈의 간부급으로 활동하는 사람과도 인연이 닿았던 거지. 분명한 것은 절대로 용의 얼굴은 그려 넣지 않고 그 부분은 검은 구름으로 감춰져 있다는 것. 그것은 비밀 결사처럼 활동하는 그 조직의 운영철학을 반영하는 거였어. 깡패 조직을 놓고 운영철학이라고 하니까 좀 거창한 표현을 한듯하네. 아무튼 그때 난 머릿속에서 번쩍 떠올랐어. 미스터 큐! 그 그림과 가장 닮은 알파벳은 바로 'Q'였던 거지. 검은 구름에 얼굴을 숨긴 채 꼬리만 내놓고 있는 용을 상징한다면 알파벳 'Q'가 제격 아니겠어? 그리고 내가 한국으로 귀국하던 날 비행기에서 자다가 떠오른 생각이 한 가지 더 있지. 등잔 밑이 어둡다고 해야 하나? 혹은 가장 중요한 물건일수록 아무것도 아닌 흔한 것처럼 놓아두라는 말처럼 난 가장 마지막에 가서야 이 사실이 떠올랐어. 이력서에 적혀 있던 너의 이름. 물론 네 이름은 이력서를 안 봐도 알지만, 어쨌든. 그동안 막내, 막내 하고 불러대다 보니 잠깐 잊고 있었던 너의 이름은 바로 이하상! 상하이를 거꾸로 한 거지, 어때?"

강연수는 득의양양한 표정으로 미스터 큐, 즉 이하상을 쳐다보았다. 이하상은 박수를 치며 강연수를 향해 웃음 지어 보였다. 석청강과 표동수는 그 자리에서 일어나 자신들도 강연수를 향해 박수라도 쳐주고 싶었으나 그냥 누워 있기로 했다. 이때 먼 곳에서 경찰차의 사이렌 소리가 들려왔다.

"강연수 대리님! 멋진 활약을 보이셨네요. 사실, 제 암호명이 Q인 것은 대리님께서 말씀하신 그런 이유는 아니지만 어쨌거나 대리님의 추리를 도와주는 열쇠로 작용한 결과가 된 것 같군요. 이제 곧 경찰이 닥치면 좀 골치가 아파서 저는 일단 이곳을 떠야 할 것 같아요. 마지막으로 드리고 싶은 말씀은 이제 우리 조직을 파고드는 일은 여기서 멈추시는 것이 좋으실 것입니다."

강연수는 순간 움찔하였다.

"그리고 거기 둘!"

이하상은 고개를 돌려 석청강과 표동수 쪽을 보았다.

"그만 일어나시지. 기절한 척 그만하고 말이야!"

"아! 하하하하! 알고 있었어? 허허허."

석청강과 표동수는 멋쩍은 듯 옷을 털며 일어났다. 이하상이 이들을 향해 다시 입을 열었다.

"오늘은 강 대리님이 너희를 살려준 거나 다름없다는 것을 잘 알아야 할 거야. 조만간 다시 찾아온다. 그때는 각오하도록 해! 우리 조직은 한 번 노린 먹잇감은 절대 놓치는 법이 없으니까!"

"흥! 아까는 생각지도 못한 공격을 갑자기 당하다 보니 좀 꼴사나운 모습을 보였으나 제대로 다시 싸우면 너가 생각하듯 이 몸이 그렇게 만만하지 않다는 것을 명심하는 게 좋을 거야. 나, 표동수! 길거리 싸움에서 한 번도 진 적이 없는 사나운 동물 그 자체거든. 내가 지친 상태만 아니었어도 네 녀석은 이미 어디가 부러져도 부러져 있을 거야!"

"훗! 말은 잘하는군! 죽기 전까지 그런 행복한 착각 속에 있는 것도 괜찮겠지. 그럼!"

이하상은 건물 안으로 통하는 통로로 눈 깜짝할 새에 달려가 어느새 그 모습이 사라져 버렸다. 경찰이 건물을 포위하기 전에 얼른 그곳을 탈출할 심상이었다.

"동수야, 우리도 얼른 이곳을 떠야 할 것 같은데!"

석청강이 표동수를 향해 말했다.

"그러니깐! 우리도 얼른 가자, 형!"

석청강과 표동수는 최경호를 바라보더니 미소를 씨익 보내며,

"교수님, 조만간 또 뵈어요! 우리가 정식 학생은 아니지만, 그동안 교수님께 잘 배웠습니다. 그리고 교수님 얘기도 좀 듣고 싶네요. 뭔가 그냥 공부만 하신 분은 아닌 거 같아서 말이죠. 어쨌든, 우리는 경찰이 오기 전에 이만!"

최경호도 그들의 마지막 인사를 웃음으로 받아주었다. 석청강과 표동수 역시 황급히 그곳을 빠져나갔다. 얼마 뒤 최경호는 강연수를 향해 입을 열었다.

"거기 계신 여성분! 경찰이 오면 우리도 좀 피곤해질 것 같으니까 일단 제 연구실에 가 있죠. 괜히 탐문수사니 목격자니 하면서 이야기하기 시작하면 복잡해질 것 같으니!"

이때 강경희가 통로 쪽에서 이곳 바깥 옥상을 향해 달려오고 있었다.

"언니, 연수 언니! 언니가 걱정되서 말이지. 방송반에 그냥 있을 수 없더라고. 다행히 경찰이 온 거 같은데?"

라고 말하던 강경희는 최경호를 보면서,

"앗! 교수님!"

"오! 경희 학생!"

최경호, 강연수, 강경희는 순간 아무 말 없이 서로를 번갈아 보았다.

"어쨌든, 일단 다 같이 제 연구실로 갑시다."

그렇게 말하며 성큼성큼 걸어가는 최경호의 뒤를 강연수와 강경희가 뒤따랐다. 경찰차의 사이렌 소리는 점점 더 커지고 있었다. 어쨌거나 뒷일은 경찰에게….

PS. 불철주야 고생하시는 경찰공무원님들 감사합니다!

과거 미국에서 어느 날 2
Another South Korea

"우리는 이곳에 투자를 하지 않기로 최종 결론을 내렸습니다. 아메리칸 보스! 우리의 뜻을 그렇게 알아주시기를…."

이런 말을 남긴 채 쿠웨이트에서 온 세 명의 거물 사업가는 뒤돌아 나갔다. 홀로 남은 집무실 한쪽 끝에서 의자 등받이를 뒤로 젖힌 채 두 다리를 책상 위에 올려서 앉아 있던 아메리칸 보스라고 불린 이 남자는 다소 불쾌한 표정을 짓고 있었다.

'배은망덕한 자식들! 지네들이 사업을 누구 덕에 계속할 수 있는 건지 정말 몰라서 저렇게 뻣뻣한 거야?'

그는 불과 두 달 전, 사담 후세인이 쿠웨이트를 침공했던 때를 떠올렸다. 미군이 그곳에 파병되어 이라크군과 싸우며 얼마나 많은 돈과 피를 쏟아내야 했던가!

'미군 덕에 침공당한 나라를 되찾을 수 있었는데 사업에서 단 한 푼도 양보를 하지 않겠다고?'

사실, 방금까지 함께 있던 쿠웨이트의 거물들은 그 당시 파리 호텔로 피신을 가서 호화로운 생활을 계속했다는 것을 잘 아는 금발의 이 남자는 그들의 태도가 괘씸하기 그지없었다. 얼마 전 그와 가까운 친구들과의 저녁 식사 시간에 오고 간 이야기도 세계 곳곳에 미군이 불필요하게 많이 나가 있다는 것에 대한 불평이었다. 그들의 생각은 지금이 냉전체제도 아닌데 도대체 왜 그렇게 아직까지 곳곳에 뻗어 나가 있는지 그리고 그것이 과연 미국의 국익에 실질적 도움이 되는지 아니면 관성적으로 그러려니 하고서는 국제 호구가 되어가고 있는 것인지 일일이 따져 봐야 한다는 것이었다. 물론 유유상종이라는 말이 있듯 친구라는 건 생각이 비슷한 사람들끼리 모이는 법이긴 하겠지만, 그날처럼 누구 하나 반론을 제기하지 않고 만장일치를 보인 것도 드문 경험이었다. 게다가 한 친구는 상당히 대담한 말을 내뱉었다.

"사실, 아시아나 유럽 혹은 중동에서 전쟁이 터지면 미국에는 오히려 좋은 일 아냐? 자기들끼리 싸우느라 힘을 낭비하게 될 테니까 말이야. 대체 왜 우리가 윤리 선생님 마냥 지구의 모든 곳은 언제나 평화로워야 합니다는 말을 하고 다녀야 하는지 모르겠어. 국제정치에 윤리라는 것이 존재하기나 해? 가장 현실적 판단을 하는 쪽만이 생존하고 이상론을 들이대는 쪽일수록 적응하지 못한 채 도태되는 것이 엄연한 진리인데 말이야!"

그의 말이 끝나기가 무섭게 또 다른 친구가 입을 열었다.

"Another South Korea!"

라운드 테이블에 둘러 앉아 있던 모두가 노란 곱슬머리를 하고서는 잘 잘린 스테이크 조각을 입에 넣고 있는 그를 쳐다보았다. 입속의 스테이크 조각을 우물우물 씹으며 그는 이야기했다.

"세계 곳곳에 별다른 이득도 없으면서 미군이 철수하지 않은 채

남아 있는 지역을 일컬어 요즘은 'Another South Korea'라고 부른다는군."

"하하하! 재미있는 표현이야!"

여러 곳에서 웃음과 각자의 소감을 담은 짤막한 말들이 들려왔다.

이때 아메리칸 보스가 입을 열었다.

"부담시키면 돼. 정당하게 부담시키고 그들이 싫다고 하면 우리는 그 서비스를 제공하지 않으면 되는 거야. 그게 비즈니스 아니겠어?"

"맞는 말이야!"

와인잔을 들고서는 가볍게 잔을 부딪친 그들은 달콤하고 쌉싸름한 포도 향을 코와 입으로 깊게 느꼈다.

"세계가 조용해지는 대신 미국이 국제 호구가 될 것인가, 세계가 시끄러워지든 말든 미국만이 가장 조용하고 우월한 나라가 될 것인가. 국제주의와 국가주의의 대립양상이 점점 더 치열해질 것 같은 예감이야."

누군가가 혼잣말로 속삭였다.

윤재수, 『주식 대세판단 무작정 따라하기』, 길벗, 2015.

김대식, 노영기, 안국신, 『현대 경제학원론』, 박영사, 2012.

김정환, 『한국의 작전 세력들』, 한스미디어, 2009.

새뮤얼 헌팅턴, 『문명의 충돌』, 김영사, 1997.

쑹훙빙, 『화폐전쟁 1』, RHK, 2008.

쑹훙빙, 『화폐전쟁 4』, RHK, 2012.

이명박, 『대통령의 시간 2008-2013』, RHK, 2015.

니컬러스 웝숏, 『케인스 하이에크』, 부키, 2014.

도널드 트럼프, 『불구가 된 미국』, 이레미디어, 2016.

홍준범, 『중동 테러리즘』, 청아출판사, 2015.

앵거스 디턴, 『위대한 탈출』, 한국경제신문사, 2015.

모닝퍼슨, 『주식작전 베스트비법』, 청출판, 2012.

존 퍼킨스, 『경제 저격수의 고백 1』, 황금가지, 2005.

존 퍼킨스, 『경제 저격수의 고백 2』, 민음인, 2010.

정의길, 『이슬람 전사의 탄생』, 한겨레출판사, 2015.

정규재, 김성택, 『이 사람들 정말 큰일내겠군』, 한국경제신문사,

1998.

박성규,『선물옵션 큰손차트 따라하기』, 한스미디어, 2007.

김석중,『한국증시 VS 미국증시』, 국일미디어, 2002.

김준형, 이학렬,『앞으로 10년, 부자될 기회는 주식에 있다』, 더난,
　　2006.

마이클 루이스,『빅숏 BIG SHORT』, 비즈니스맵, 2010.

프리드리히 A. 하이에크,『노예의 길』, 나남, 2006.